Söllichau
Düben
Laußig
Eilenburg

Die Geigerin

Lychatz Verlag

Christian Burgers Tagebuchaufzeichnungen vom 5. Oktober 1813 Dienstag

Viehdiebe in Uniform

Als wir nach Söllichau kamen, wurden wir von Kindern begrüßt. Die Jungen wussten, dass wir sächsische Ulanen waren. Sie bestaunten unsere prachtvollen, roten Uniformjacken, die ärmellosen, weißen Mäntel, die grauen Überhosen mit den roten Streifen, die schwarzen Mützen und unsere Säbel und Karabiner. Einige ältere Jungen schauten sich neugierig unsere Rangabzeichen an. Sie wussten genau, dass Offiziere lange Rockschöße mit einer goldenen Granate trugen und dass man Unteroffiziere an der Anzahl der goldenen Tressen am oberen Rand der Mütze, die Tschako genannt wurde, unterscheiden kann. Nachdem mich einige Kinder gemustert und festgestellt hatten, dass ich aufgrund meiner erst 16 Jahre nur ein einfacher Reiter war, also den untersten Dienstgrad bekleidete, verloren sie schnell das Interesse an mir. Die Mädchen interessierten sich mehr für unsere Pferde, streichelten sie und sahen sich auch manchmal unsere weißen Handschuhe und die Husarenstiefel näher an.

Unserer Reiter-Schwadron folgte ein Regiment französischer Infanteristen. Aus ihren Reihen ertönte der vielstimmige Ruf: „Vive l'empereur – Heil dem Kaiser!" Seit Wochen begleiteten wir Ulanen diese französischen Soldaten. Auch sie wurden von den Dorfkindern umschwärmt und bestaunt.

Die französischen Offiziere befahlen uns, auf dem Kirchplatz anzuhalten. Wir stellten uns auf und warteten auf weitere Befehle. Die gab uns Major Kaas, dem die französischen Infanteristen und auch wir sächsische Ulanen unterstanden. Die Infanteristen wurden zum Dorfrand abkommandiert, wo sie ein Biwak aufbauen sollten. Wir erhielten den Befehl, uns in einem der

Häuser einzuquartieren. Das gefiel uns besser, als im Biwak der französischen Infanteristen zu übernachten. Rittmeister Lindau, unser Kommandant, führte unsere Reiter-Schwadron über die Dorfstraße. Er hielt nach einem geeigneten Haus Ausschau. Vor einem Fachwerkhaus ließ uns Rittmeister Lindau anhalten. Er stieg vom Pferd und versuchte die Eingangstür des Hauses zu öffnen. Sie war nicht verschlossen. Er betrat das Haus und kam nach kurzer Zeit wieder heraus. Dann ging er um das Haus herum, kam kurz darauf zurück und erklärte: „Ulanen, wir quartieren uns hier ein. Das Haus ist verlassen und als Schlaflager für uns groß genug. Außerdem gibt es hinterm Haus leere Ställe. Da können wir unsere Pferde unterbringen und versorgen. Also, Männer, absitzen und Quartier beziehen! Morgen früh ziehen wir weiter."

Das ließen wir uns nicht zweimal sagen. Wir führten unsere Pferde in die Ställe, nahmen ihnen das Zaumzeug, den Sattel und die Pferdedecke ab und hingen alles an die Stallwände. Dann versorgten wir sie mit Wasser und Hafer und rieben sie mit Stroh trocken. Nachdem wir unsere Pferde versorgt hatten, gingen wir ins Haus, um uns eine Schlafstatt für die kommende Nacht einzurichten. Rittmeister Lindau verließ uns wieder. Er musste seinem Vorgesetzten, dem französischen Major Kaas, Vollzug melden und weitere Befehle empfangen. Er wollte bald zurückkommen und sie an uns weitergeben.

Meine Kameraden Julius, Gottfried und Ferdinand und ich richteten uns eine Schlafstätte in einer kleinen Kammer des Hauses ein. Sie befand sich im ersten Stockwerk. Auf dem Boden des Raumes breiteten wir unsere Schlafdecken aus. Unsere Tornister, die Karabiner und die Säbel legten wir daneben. Dann warteten wir auf die Rückkehr unseres Kommandanten.

Die Wartezeit wollten wir uns mit einem Kartenspiel vertreiben. Meine drei Kameraden und ich waren eine eingespielte Runde. Gottfried zog ein abgewetztes und verschmiertes Kartenspiel aus seinem Tornister.

„Schafkopf?", fragte er und schaute uns an. Wir stimmten begeistert zu.

„Ja, gern", antwortete ich, „aber nicht mit deinen zerfetzten Lappen."

Aus einem meiner beiden Brustbeutel nahm ich Spielkarten, die im Vergleich zu Gottfrieds Karten fast wie unbenutzt aussahen.

„Die sehen auch nicht besser aus als meine", brummte Gottfried mürrisch.

Wir einigten uns trotzdem auf mein Kartenspiel. Ich mischte, ließ Julius abheben und teilte die Karten aus. Jeder bekam zweimal vier Karten. Wir nahmen sie auf und sortierten sie. In diesem Moment dröhnte die Stimme unseres Kommandanten durch das Haus: „Ulanen, vor dem Haus antreten! Ohne Waffen!"

Ich ließ mir von meinen Kameraden die Karten zurückgeben und steckte sie wieder in meinen Brustbeutel.

„Schade", meinte Gottfried, „ich hatte ein so gutes Blatt - beide Kreuz Damen."

Wir verließen das Haus und stellten uns neben unsere Kameraden, die schneller draußen gewesen waren als wir. Rittmeister Lindau, hoch zu Ross, wartete schon ungeduldig. Nachdem dann die letzten Kameraden aus dem Haus gekommen waren und sich in Reih und Glied aufgestellt hatten, berichtete er: „Ulanen, Major Kaas hat uns befohlen, alle Rinder aus den Ställen der Gehöfte zu holen und auf dem Dorfplatz zusammenzutreiben. Feldwebel Albers, Sie übernehmen das Kommando. Ich kann nicht mitkommen – weitere Lagebesprechung mit den französischen Offizieren. Ulanen, tut eure Pflicht. Eure Waffen und Tornister könnt ihr im Haus lassen. Sattelt eure Pferde und legt ihnen das Zaumzeug an. Korporal Finke, Obergefreiter Röhnitzsch, Sie beide halten vor der Tür Wache. Sorgen Sie dafür, dass kein Unbefugter unsere Unterkunft betritt."

Alle Rinder sollten wir zusammentreiben? Ich wollte diesem Befehl nicht gehorchen, denn mir war klar, dass die Franzosen die Tiere aus dem Dorf führen und schlachten würden.

„Herr Rittmeister", meldete ich mich zu Wort, „wenn wir diesem Befehl gehorchen, bedeutet das, dass wir unsere sächsischen Landsleute bestehlen. Ich kann das nicht mit meinem Gewissen vereinbaren."

Zunächst sah mich mein Vorgesetzter erstaunt an, dann zuckte er mit den Schultern und erwiderte: „Mir gefällt das auch nicht, Reiter Burger, aber Befehl ist nun mal Befehl. Wie Sie wissen, sind wir Major Kaas unterstellt. Seinen Befehlen müssen wir gehorchen und sie ausführen. Auch diesen Befehl. Und wenn Sie ihn verweigern, muss ich Sie bestrafen."

Sprach's und ritt zu seinen französischen Befehlsgebern zurück.

Ulanen als Cowboys

Meine Kameraden und ich gehorchten widerwillig. Wir sattelten unsere Pferde, dann gab Feldwebel Albers den Befehl zum Abmarsch.

Auf zwei Gehöften hatten wir kein Glück. Als wir ihre Ställe durchsuchten, fanden wir kein einziges Rind. Die Bauern erklärten uns, dass sie keine Tiere mehr besäßen. Soldaten, die vor einigen Tagen hier durchgezogen seien, hätten sie gestohlen. Das mussten wir ihnen glauben, auch wenn es sein konnte, dass sie die Tiere nur in einem nahe gelegenen Waldgebiet versteckt hielten. Auf die Idee, ihre Tiere eine Zeit lang auszuquartieren, kamen immer mehr Bauern. Sie wohnten weiter auf ihrem Hof, ließen aber von ihren Knechten das Vieh ins Dickicht der Heide treiben.

Wir erreichten den dritten Bauernhof. Feldwebel Albers stieg vom Pferd und klopfte an die Tür des Wohnhauses, um den Bauer zu informieren, dass wir seine Rinder abholen mussten. Niemand öffnete. Es schien keiner im Haus zu sein. Auch auf dem Hof war keine Menschenseele zu sehen.

„Burger, Bause, Schlosser, Sie holen die Rindviecher aus dem Stall“, befahl uns der Feldwebel.

Widerwillig gehorchten wir, kamen uns aber furchtbar schäbig vor, weil wir unsere sächsischen Landsleute bestehlen mussten. Gottfried Bause, Julius Schlosser und ich stiegen von unseren Pferden, öffneten die Tür des Kuhstalls und gingen hinein. Wir zählten die Rinder, die dort untergebracht waren. Fünfzehn! Zehn trieben wir auf den Hof hinaus. Wir waren uns einig, dass wir dem Bauern fünf Rinder im Stall lassen wollten.

Ich machte Meldung: „Herr Feldwebel, Befehl ausgeführt! Alle zehn Rinder des Bauern haben wir aus dem Stall geholt."

Der Feldwebel sah mich skeptisch an.

„Burger, Bause, Schlosser, ich traue Ihnen nicht", sagte er. „Ich vermute, dass das nicht alle Rinder sind."

Anscheinend hatte er aber keine Lust, das selbst zu überprüfen. „Gefreiter Schmolz", befahl er. „Sitzen Sie ab und schauen Sie nach, ob noch Rinder im Stall sind."

„Jawohl, Herr Feldwebel!", antwortete der Gefreite Ferdinand Schmolz, saß ab und ging in den Stall. Hoffentlich fällt uns der Kamerad aus unserer Schafkopf-Runde nicht in den Rücken, dachte ich. Aber dann kam er zurück, stand stramm und meldete: „Herr Feldwebel, melde gehorsamst: Kein Rind mehr im Stall."

„Gut, Gefreiter Schmolz", sagte der Feldwebel, „dann haben wir unsere Pflicht erfüllt. Bause, Schlosser, Burger – Sie treiben die zehn Rinder zum Kirchplatz. Sorgen Sie dafür, dass die Tiere auf dem Weg bleiben. Die anderen sichern nach hinten ab. Ich reite vorweg. Auf geht's!"

Wir verließen den Bauernhof und erreichten in dieser Formation den Kirchplatz. Dort waren inzwischen auch die französischen Infanteristen wieder eingetroffen. Anscheinend hatten sie ihr Biwak eingerichtet.

Auf dem Kirchplatz hatten sich auch zahlreiche festlich gekleidete Dorfbewohner versammelt. Sie waren zur Zeit unserer Ankunft in der Kirche gewesen. Als sie sahen, dass wir die Rinder auf dem Kirchplatz zusammentrieben, beschimpften sie uns und stießen wüste Drohungen aus. „Diebe", „Franzosenknechte" und „Volksverräter" waren noch die harmlosesten Ausdrücke. Sicher wussten sie, was mit den Rindern geschehen sollte. Im Lager der französischen Infanteristen warteten die Schlächter auf sie.

Fahnenflucht

Die Dorfbewohner hielten zu den französischen Infanteristen einen respektvollen Abstand. Zwischen diese beiden Gruppen trieben wir die Rinder und ließen sie anhalten. Major Kaas und Rittmeister Lindau kamen und erwarteten von Feldwebel Albers Meldung.

Der stand stramm und meldete: „Herr Major, Herr Rittmeister, melde gehorsamst: Wir haben alle Rinder aus den Ställen der Gehöfte geholt und zum Kirchplatz getrieben. Befehl ausgeführt!"

„Feldwebel Albers", schrie der Major wütend, „Sie wollen mir doch wohl nicht weismachen, dass das alle Söllichauer Rindviecher sind? Zehn Tiere! Dass ich nicht lache!"

Er sprach deutsch, aber mit einem französischen Akzent, der nicht zu überhören war. Feldwebel Albers versuchte sich zu rechtfertigen.

„Herr Major, mehr Tiere haben wir in den Ställen der Gehöfte nicht gefunden."

Ein kleiner, hagerer Dorfbewohner schaltete sich ein.

„Ich bin der Dorfschulze und bitte euch, Monsieur: Habt Erbarmen!", flehte er den Major an. „Diese zehn Rinder sind die einzigen, die wir noch in Söllichau haben. Sie gehören dem Bauern Korte. Ihr könnt sie uns doch nicht alle nehmen."

„Können wir, das siehst du ja!", antwortete der Major.

„Lasst uns wenigstens einen Teil der Tiere, bitte!", flehte der Dorfschulze mit weinerlicher Stimme.

„Nein!", entgegnete der Major scharf. „Das habt ihr nicht verdient! Ihr habt heute Morgen die Kirchturmglocken läuten lassen. Ein Signal für die feindlichen Truppen. War es nicht so?"

„Nein, Monsieur!", antwortete der Dorfschulze. „Unsere Kirchturmglocken haben geläutet, weil ein Kind getauft wurde."

Der Offizier warf ihm einen zweifelnden Blick zu und sagte: „Du kannst mir viel erzählen ..."

Ein großgewachsener, breitschultriger Mann trat aus der Menge hervor und baute sich drohend vor dem französischen Major auf.

„Ich bin der Bauer Korte", rief er. „Warum stellen Sie unseren Dorfschulzen als Lügner hin? Das Kind meiner Tochter ist heute Morgen getauft worden. Deshalb waren wir in der Kirche. Vorher haben die Glocken geläutet, wie das vor Tauffeiern so üblich ist. Wir sind ehrliche Bürger. Aber wie ich sehe, haben Ihre Soldaten in unserer Abwesenheit meine Rinder gestohlen. Verfluchtes Franzosenpack! Und ihr sächsischen Verräter seid auch nicht besser!"

„Du wagst es, Soldaten der französischen Armee als Diebe und Franzosenpack zu beschimpfen?", rief der Major mit einem drohenden Unterton in der Stimme. „Du redest dich um Kopf und Kragen. Verschwinde, sonst lasse ich dich festnehmen!"

„Wann ich von hier verschwinde, das bestimme ich immer noch selbst", entgegnete der Bauer zornig.

Eine junge Frau, die ein in eine Decke gehülltes Baby auf dem Arm trug, und ein junger Mann traten an seine Seite und versuchten ihn zu beruhigen.

„Vater, sei vernünftig", sagte die junge Frau. „Provoziere den Offizier nicht noch mehr ..."

„Ich lasse mir doch nicht von diesen Dieben die Rinder stehlen", schrie der Bauer wütend und spuckte dem Offizier vor die Füße.

Respekt, dachte ich, der Bauer hat Mut. Dann sah ich, wie der Major mit gezogenem Säbel auf ihn zu ging.

„Du Dreckskerl wagst es, vor mir auszuspucken?", fragte er zornig. „Leck deine Spucke auf, sonst bekommst du meine Klinge zu spüren."

Der Bauer lachte nur und spuckte noch einmal vor dem Franzosen aus. Der Major sah drei in seiner Nähe stehende französische Infanteristen an und befahl: „Leclerc, Vian, Milteau, nehmt den Kerl fest!"

Die drei Männer stürzten sich auf den Bauern. Der hatte Kräfte wie ein Bär und wehrte sich, so gut er konnte, wurde aber schließlich doch von den französischen Soldaten überwältigt. Sie drehten ihm die Arme auf den Rücken und warfen ihn zu Boden. Der Major trat mehrmals gegen den Kopf des Bauern. Der versuchte sich aufzurichten, blutete aus der Nase und dem Mund. Seine Tochter schrie entsetzt. Ihr Mann versuchte, den französischen Offizier daran zu hindern, seinen Schwiegervater weiter zu misshandeln, wurde aber von einem französischen Soldaten festgehalten. Der Major richtete die Spitze seines Säbels gegen den Hals des Bauern.

„Du Großmaul wirst jetzt deine Spucke auflecken", befahl er.

Der Bauer tat ihm den Gefallen nicht. Immer mehr Blut tropfte ihm aus Nase und Mund.

„Das ist ein Befehl!", brüllte der Major voller Zorn und stieß den Wehrlosen zu Boden. Als der sich standhaft weigerte, seine Spucke aufzulecken, trat der Franzose immer wieder gegen seinen Kopf.

„Nein!", schrie der Schwiegersohn des Bauern und versuchte, sich von dem Soldaten, der ihn festhielt, loszureißen. Der bringt ihn um, dachte ich. Ich war von den Franzosen einiges gewohnt, aber so etwas wie die Demütigung und Misshandlung dieses tapferen Mannes hatte ich noch nicht erlebt.

„Warum hilft meinem Vater denn niemand?", rief die junge Frau. Sie sah die Dorfbewohner und dann uns Soldaten flehend an. Die Söllichauer standen wie versteinert da. Rittmeister Lindau und meine Kameraden gefielen sich anscheinend ebenfalls mehr in der Rolle der Zuschauer. Der französische Offizier war wie von Sinnen. Immer wieder trat er nach seinem Opfer. Ich war von der Szene, die ich erlebte, so angewidert und empört, dass sich meine Wut und mein Hass auf diesen Sadisten immer mehr steigerten. Ich sah die völlig verzweifelte junge Frau mit dem Baby und ihren Mann, der versuchte, sich aus der Umklammerung des französischen Soldaten zu befreien. Ich hielt es nicht länger aus, musste etwas tun. Aber was konnte ich tun? Meine Waffen, bis auf das Messer, waren in unserer Unterkunft. Und wem wäre damit geholfen gewesen, wenn ich Major Kaas mit meinem Messer angegriffen hätte? Dem Bauern sicher nicht, denn den hätten die Franzosen bestimmt weiter gequält. Wenn er überhaupt noch lebte, hatte er vermutlich schon schwere Kopfverletzungen davongetragen. Mir hätte ich mit einem gewaltsamen Eingreifen auch keinen Gefallen getan, denn ich wäre festgenommen und wahrscheinlich standrechtlich erschossen worden.

Aber dann geschah etwas, was dem tapferen Mann wahrscheinlich das Leben rettete. Während ich weiter überlegte, wie ich dem Bauern helfen konnte, sah ich, dass die Rinderherde unruhig wurde. Einige Tiere versuchten, den Dorfplatz zu verlassen. Meine Kameraden und ich hatten sie zwar dort hin getrieben, aber dann unbeaufsichtigt gelassen. Einige Jugendliche hatten sich unter die Herde gemischt und versuchten, sie wieder zum Gehöft des Bauern Korte zu treiben. Das war natürlich auch den französischen Soldaten nicht entgangen. Einer ihrer Unteroffiziere brüllte: „Die Burschen treiben die Rinder fort!"

Major Kaas ließ von seinem Opfer ab und gab seinen Leuten auf französisch einen Befehl. Ich konnte nicht verstehen, was er sagte, aber ich sah, dass einige Infanteristen ihre Karabiner luden. Dann richteten sie sie auf die Jugendlichen. Die hatten keine Lust, von einer Kugel getroffen zu werden, und rannten so schnell wie möglich davon. Die Rinder gerieten in Panik und liefen unkontrolliert über den Kirchplatz.

„Rittmeister Lindau", schrie der französische Major, „lassen Sie die Rindviecher ins Biwak treiben. Aber schnell! Suchen Sie dafür drei Ihrer Leute aus. Das ist ein Befehl!"

„Jawohl, Herr Major!", antwortete unser Kommandant.

Rittmeister Lindau wählte meine Kameraden Ludwig und Johann und mich aus. Üble Burschen, die ich nicht mochte, die mir aber auch nicht besonders zugeneigt waren.

Während wir die Rinder vom Kirchplatz trieben, hörte ich, dass Major Kaas seinen Leuten auf französisch einen Befehl gab. Was er sagte, war für mich nicht verständlich, aber ich konnte es mir denken. Er hatte ihnen den Befehl gegeben, das Dorf zu plündern. Das ließen sich seine Leute nicht zweimal sagen. Die Infanteristen mit den blauen Mänteln stürzten wie eine Wasserflut in den kleinen Ort. Die Dorfbewohner verschwanden, so schnell sie konnten, in ihren Häusern und versuchten alles, um sich die Plünderer vom Hals zu halten. Aber die französischen Soldaten schlugen mit ihren Gewehrkolben an die Türen der Häuser. Die meisten wurden von den Bewohnern nicht geöffnet. Das hielt die Soldaten aber nicht davon ab, die Türen aufzubrechen und gewaltsam in die Häuser einzudringen. Ich konnte mir vorstellen, wie sie in Söllichaus Häusern wüteten, Schränke und Truhen aufbrachen, Sachen vernichteten und zerschlugen, Wertvolles und Wertloses raubten. Am meisten bei denen, die ihre Häuser verlassen hatten und zu Verwandten oder in die umliegenden Wälder geflüchtet waren. Dort tobten sie sich richtig aus, denn mit der Habe, die ihre Bewohner zurückgelassen hatten, glaubten sie machen zu können, was sie wollten. Sie zerschlugen die Türen und Möbel und nutzten sie als Brennholz für ihre Wachfeuer.

Inzwischen hatten Johann, Ludwig und ich die Rinder unter Kontrolle gebracht. Hoch zu Ross trieben wir sie zum Dorf hinaus. Unser Ziel war eine Wiese, auf der die französischen Soldaten ihre Zelte aufgeschlagen hatten: das Biwak.

Aber war es wirklich mein Ziel, Befehle wie diesen auszuführen? Ich half mit, meine sächsischen Landsleute zu bestehlen, und kam mir niederträchtig vor. Meine Zeit als Soldat gestaltete sich so, dass ich mich als Knecht dieser französischen Herren fühlte. Hatte ich eine andere Wahl? Sicher! Ich konnte einfach abhauen – desertieren. Wenn ich das tun würde, riskierte ich aber mein Leben. Deserteure, die gefasst wurden, mussten damit rechnen, standrechtlich erschossen zu werden. Trotzdem reifte mein Entschluss, einfach fortzulaufen, immer mehr. Ich überlegte, ob ich Johann und Ludwig einweihen sollte. Besser nicht, dachte ich.

Wir trieben die Rinderherde über die Heerstraße. Meine Kameraden ritten links und rechts neben den Tieren, ich hinten, um zu verhindern, dass einzelne Tiere zurückblieben.

Hinter dem Dorf kamen wir über eine Wegkreuzung. Jetzt war der Moment gekommen, dachte ich. Ich stieß meinem Pferd die Stiefelhacken in die Flanken und galoppierte über die Heerstraße in Richtung Düben.

Waldbewohner

Ich duckte mich dicht an den Hals meines Pferdes und jagte im gestreckten Galopp über die Straße. Hinter mir hörte ich leises Pferdegetrappel. Das mussten Johann und Ludwig sein. Anscheinend hatten sie die Rinderherde im Stich gelassen und verfolgten mich. Die Geräusche der Pferdehufe wurden lauter. Ich sah mich um. Sie waren noch außer Sichtweite. Ich überlegte, wie ich sie abschütteln konnte. Auf der Heerstraße sicher nicht. Besser war es, durch den Wald in die südliche Richtung zu reiten.

In der Gegend kannte ich mich einigermaßen aus, weil mein Elternhaus in dem nicht sehr weit entfernten Ort Delitzsch stand. Dort wollte ich aber nicht hin. Das schien mir zu gefährlich. Einige Kameraden aus meinem Regiment kannten das Haus meiner Eltern. Dort würde man sicher nach mir suchen.

In dem etwas mehr als eine Postmeile entfernten Dorf Laußig würden sie mich jedoch sicher nicht finden. Mein ehemaliger Lehrer Albert Körner, mit dem ich auch nach meiner Schulzeit noch befreundet geblieben war, und seine jüngere Schwester Friederike lebten dort. Friederike war in der Schule meine Klassenkameradin gewesen. Mit elf Jahren hatte ich die Schule verlassen und begonnen, in der Tischler-Werkstatt meines Vaters zu arbeiten.

Als ich sechzehn Jahre alt geworden war, hatte ich mich zur sächsischen Armee gemeldet. Mein Vater hatte mir wochenlang in den Ohren gelegen, dass es meine Pflicht sei, meinen Militärdienst für Sachsen und den von ihm so geliebten sächsischen König zu leisten. Ich hatte Delitzsch verlassen und mich zu einer Militär-Ausbildung in Leipzig gemeldet.

Kurz zuvor hatten auch mein ehemaliger Lehrer und seine Schwester Delitzsch verlassen. Albert Körner war nach Laußig versetzt worden, um dort als Dorflehrer zu arbeiten. Friederike hatte ihn begleitete. Sie wollte in der Schule ihres Bruders als Schulgehilfin arbeiten, ihm den Haushalt führen, die Räume sauber halten und das Vieh in den Ställen versorgen. Das hatte mir Friederike erzählt, bevor sie und ihr Bruder Delitzsch verlassen hatten. Der Abschied von Friederike war mir damals sehr schwer gefallen. Ich hatte mehr als freundschaftliche Gefühle für sie empfunden und gemerkt, dass sie diese Gefühle erwiderte. Ihren Abschiedskuss schmeckte ich noch immer auf meinen Lippen. Ich freute mich, sie wiederzusehen.

Aber noch hatte ich mein Ziel nicht erreicht. Meine Verfolger, glaubte ich, waren mir dicht auf den Fersen. Ich verließ die Heerstraße und war froh, dass ich im Schutz der Bäume untertauchen konnte. Aber ich fand weder einen richtigen Weg noch einen Pfad. Ich ritt weiter in den Buchenwald hinein und hatte bald die Orientierung verloren. Eine Zeit lang irrte ich ziellos umher, bis ich schließlich doch auf einen schmalen Pfad stieß. Ich folgte ihm eine kurze Strecke. Dann hielt ich mein Pferd an und stieg ab. Ich war mir nicht sicher, ob dieser Waldpfad in die südliche Richtung führte. Um das zu überprüfen, schaute ich mir einen Baumstamm genau an. Ich hatte in meiner Ausbildung zum Ulanen in Leipzig gelernt, wie man sich im Wald mit Hilfe von Moosen und Flechten orientieren kann. Bei genauer Betrachtung sah ich, dass der Baum auf der Seite, die zum Rand des Pfades hin zeigte, unten mit Moosen und Flechten bedeckt war. Und weil dieser Baumbewuchs in Deutschland immer nach Westen zeigt, konnte ich schnell die Himmelsrichtung bestimmen. Ich war auf dem richtigen Weg. Schnell ritt ich weiter. Hin und wieder hielt ich mein Pferd an, sah mich um und lauschte, ob meine Jäger mir in den Wald gefolgt waren. Anscheinend nicht, denn ich konnte weder einen Verfolger erkennen noch männliche Stimmen oder die Geräusche von Pferden hören.

Nach etwa einer halben Stunde erreichte ich eine Weggabelung. Ich blieb auf meinem Pfad und trieb mein Pferd zu höherem Tempo an. Hatte ich meine Verfolger abgeschüttelt? Sicher war ich mir darüber nicht. Plötzlich hörte ich links vom Wegrand aus dem Unterholz ein Rascheln und leise Grunzlaute. Ich zügelte mein Pferd und horchte mit angehaltenem Atem. Irgendwie hatte ich das Gefühl, dass mir die Geräusche bekannt vorkamen. Und dann brachen sie aus dem Unterholz: drei junge Wildschweine. Sie blieben stehen und schauten mich an. Jedenfalls glaubte ich, dass sie mich anschauten. Als ich merkte, dass der Hengst nervös wurde, redete ich beruhigend auf ihn ein und streichelte seinen Hals. Ich hatte mal gehört, dass Pferde den Geruch von Wildschweinen nicht mögen. Zum Glück beruhigte sich mein Pferd wieder. Dann erschien aus dem Unterholz ein viertes, größeres Wildschein und stellte sich schützend vor die kleineren Tiere. Das musste die Mutter der drei Frischlinge sein. Ich wusste, dass diese Muttertiere Menschen angreifen, wenn sie glauben, dass ihre Kinder bedroht werden. Nichts lag mir ferner, als die Frischlinge zu bedrohen, aber wie sollte ich mich verhalten? Was empfindet so ein Tier als Bedrohung? Ich hatte keine Lust, mit den scharfen Zähnen dieses Tieres Bekanntschaft zu machen. Ich entschied mich dafür, erst einmal abzuwarten. Die Bache hatte wohl auch erkannt, dass ihr von dem bewegungslos dastehenden Pferd und seinem Reiter keine Gefahr drohte. Sie überquerte mit ihren Frischlingen grunzend und schnaufend den Weg und verschwand auf der anderen Seite im Unterholz des Waldes.

Ich ritt weiter in Richtung Süden. Die letzten Sonnenstrahlen versuchten den dichten Buchenwald zu durchdringen. Nach kurzem Ritt musste ich einen Bach überqueren. Er war nicht allzu tief, sodass ich mühelos das andere Ufer erreichte und weiterritt. Da hörte ich das Angstgeschrei eines Rehs. Ganz schrille Schreie, wie von einem Kind. Sie kamen aus dem Unterholz links vom Wegrand. Ich stieg aus dem Sattel und sah mich suchend um. Da sah ich das Reh. Es war in eine Falle geraten. Mir kamen die Tränen, als ich das arme Tier immer wieder vor Schmerz laut aufschreien und zwischendurch leise fiepen hörte. Ein Jäger oder Wilderer musste die Falle ausgelegt haben, um damit Tiere zu fangen, die hier im Wald lebten. Und nun war das arme Reh auf solch ein Tellereisen getreten. Es versuchte sich aufzurichten, fiel aber gleich wieder hin. Ich sah mir das Bein des Rehs genauer an. Die gezahnten Bügel des Tellereisens waren an seinem Fußgelenk zugeschnappt. Das Bein schien gebrochen zu sein und blutete stark. Ich überlegte, wie ich das Reh aus der Falle befreien konnte. Zuerst versuchte ich, die Bügel der Falle, die das Bein des Tieres fest umklammerten, auseinanderzubiegen. Mit den Händen gelang mir das nicht, auch nicht mit Hilfe eines Stockes. Irgendwie musste doch auch ein Fallensteller seine Tellereisen wieder öffnen, aber ich wusste nicht wie.

Ich war verzweifelt, doch das Leben des armen Tieres war nicht mehr zu retten. Ich musste es von seinen Schmerzen erlösen, so schwer es mir auch fiel. Ich versuchte, das Reh zu beruhigen. Dann griff ich zögernd nach meinem Gewehr. Aber mir kamen Bedenken. Vielleicht folgten mir die Ulanen durch das Waldgebiet. Durch einen Schuss würde ich mich verraten. Deshalb nahm ich mein Messer und schnitt dem armen, gequälten Reh die Kehle durch, um es von seinem Leid zu erlösen.

Danach wollte ich nicht länger an diesem Ort verweilen, zu leid tat mir das Tier. Ich schwang mich auf mein Pferd und ritt weiter durch den Wald, in dem es sicher bald stockfinster sein würde. Mir kamen Zweifel. War das sinnvoll oder sollte ich lieber versuchen, zwischen den Bäumen einen Schlafplatz zu finden? Die Übernachtung im Wald schien mir nicht sehr verlockend und deshalb entschied ich mich, erst einmal meinen Weg nach Laußig fortzusetzen.

Ich war einige Minuten lang geritten, da lichtete sich der Wald auf der rechten Seite des Pfades etwas. Weniger als fünfzig Meter von meinem Weg entfernt stand eine kleine Hütte. Solche einfachen Holzhäuser wurden meist von Jägern genutzt, in letzter Zeit aber auch manchmal von Menschen, die vor den französischen Plünderern aus ihren Dörfern geflohen waren. Auch sie versuchten, sich von dem, was der Wald ihnen bot, zu ernähren. Vor allem vom Wild und den Pilzen. Einige dieser Dorfflüchtlinge hatten auch ihr Vieh mit in den Wald genommen – Schweine, Rinder, Gänse, Enten und Hühner. Hier jedoch konnte ich solche Tiere nicht ausmachen.

Ich war neugierig, wer in der Hütte wohnte, und ritt näher heran. Dann stieg ich vom Pferd. Ich nahm es am Zügel, führte es zu einem Baum und band es an. Der Hengst ließ das willig geschehen, war sicher für die Pause dankbar, die ich ihm gönnte, und machte sich auch gleich über das Gras her. Ich ging auf die Hütte zu und klopfte an die Tür.

„Ist hier jemand?“, rief ich, bekam aber keine Antwort.

Ich wartete und fragte mich: Was erzähle ich dem Bewohner, wenn er mir die Tür öffnet und wissen will, warum ich als sächsischer Soldat allein unterwegs bin? Die Antwort, ich sei ein reitender Bote, würde er mir sicher abnehmen. Gegen Bezahlung ist er sicher auch bereit, sein Abendbrot mit mir zu teilen und mir eine Schlafstatt für die Nacht anzubieten, dachte ich. Geld hatte ich dabei. Meine Ersparnisse waren in einem Brustbeutel, der an einer Schnur befestigt an meinem Hals hing und den ich natürlich unter meinem Hemd trug. In einem zweiten Brustbeutel befanden sich meine Spielkarten.

Weil auf meinen Ruf niemand reagierte, versuchte ich, die Tür zu öffnen. Ich war erstaunt, dass mir das auf Anhieb gelang. Sie war nicht verschlossen. Ich ging hinein. Der Geruch von Rauch, Fett und Fäulnis schlug mir entgegen. Der Hüttenbewohner war ausgeflogen. Aber ich hatte den Eindruck, dass er bald zurückkommen würde, denn sonst hätte er die Tür verschlossen. Ich schaute mich im Raum um. Mein Blick fiel gleich auf eine offene Feuerstelle. In der Mitte der Hütte standen ein roh gezimmerter Holztisch und zwei Bänke. Eine Bank diente wohl als Bettstelle, denn sie war mit Fellen belegt. Die andere schien nur ein reines Sitzmöbel zu sein. Pelzbündel hingen von der niedrigen Decke. Säcke und Fässer stapelten sich in den Ecken. An der Wand neben der Eingangstür waren Haken befestigt, an denen Kleidungsstücke hingen. Alte, abgetragene Sachen – eine Hose, ein Hemd, dazu Jacke und Mütze. Unter den Kleidungsstücken standen auf dem Boden ein Paar Schuhe. An den anderen Wänden hingen Messer in unterschiedlichen Größen und eine Axt. In einer Ecke der Hütte standen zwei Holzkisten. Eine mit Kochgeschirr, eine andere mit Werkzeug und zwei Tellereisen. Ich schloss aus dem, was ich gesehen hatte, dass der Besitzer dieser Hütte ein Fallensteller war. Dass er hier ständig wohnte, konnte ich mir nicht vorstellen. Ich vermutete, dass er in einem der umliegenden Dörfer lebte und abends hier im Wald seine Tellereisen auslegte, um Wild zu fangen. Viele Tiere sind nachtaktiv. Das wissen die Fallensteller natürlich und legen ihre Fallen am frühen Abend aus. Am anderen Morgen schauen sie dann nach, ob sie etwas gefangen haben.

Was sollte ich tun? Auf den Fallensteller warten, bis er zurückkam, und ihn fragen, ob er für mich etwas zu essen hatte und mich hier übernachten ließ? Oder doch weiterreiten? Es dämmerte bereits, und ob ich den Weg nach Laußig durch den dunklen Wald finden würde, war fraglich.

Trotzdem beschloss ich weiterzureiten, überlegte aber auch, ob es klug war, als sächsischer Ulan in Laußig zu erscheinen. Die Dörfler sollten mich vielleicht nicht unbedingt uniformiert sehen. Aber wo sollte ich so schnell andere Kleidung herbekommen? Da fiel mein Blick wieder auf die Kleidungsstücke, die an der Hüttenwand hingen. Der Fallensteller hat sicher nichts dagegen, dachte ich, wenn ich meine Uniform gegen seine Hose, sein Hemd und seine Jacke tausche. Ich musste grinsen, zog meine Kleidung aus und die des Fallenstellers an. Sie passte ganz gut. Nur die Hose war etwas zu kurz. Meine Uniform und die Mütze hing ich an den Wandhaken. Die Stiefel zog ich aus und probierte die Schuhe des Fallenstellers an. Sie waren mir etwas zu groß, aber ich konnte damit laufen. Dann fiel mir ein, dass ja auch mein Hengst als Sattelunterlage eine Pferdedecke trug, die ihn als sächsisches Militärpferd kennzeichnete. Ich verließ die Hütte und schaute mich vorsichtig um. Mein Hengst graste immer noch. Es schien ihn nicht zu stören, dass ich ihm die Pferdedecke vom Rücken zog. Dann ging ich wieder in die Hütte zurück und legte die Decke auf den Tisch.

Die Reaktion des Fallenstellers auf die wundersame Verwandlung seiner alten Kleidungsstücke hätte ich gern noch erlebt, aber ich hielt es für ratsam zu verschwinden, bevor er zurückkam. Deshalb verließ ich die Hütte, band mein Pferd vom Baum los und ritt weiter Richtung Süden. Es dämmerte bereits, aber ich hoffte Laußig noch vor Einbruch der Dunkelheit erreichen zu können.

Ein leichter Wind kam auf, aber es blieb trocken. Außerdem hatte ich das Glück, dass es nicht stockdunkel wurde. Das lag an der Leuchtkraft des Mondes, die stark genug war, durch die Baumkronen zu dringen und den Pfad, auf dem ich ritt, in ein gespenstisches Licht zu tauchen. So behielt ich die Orientierung.

Nach einem etwa einstündigen Ritt erreichte ich mein Ziel: das Schulhaus in Laußig.

Wiedersehen in Laußig

Der Eingangsbereich wurde durch das Licht der Petroleum-Lampen, das durch die Fenster nach außen drang, schwach beleuchtet. Ich stieg vom Pferd und klopfte an die Haustür der Schule. Kurz darauf wurde sie von meinem ehemaligen Lehrer, Albert Körner, geöffnet. Ich freute mich, ihn zu sehen. Er schaute mich überrascht an, so, als ob ich eine Erscheinung wäre. Dann veränderten sich seine Gesichtszüge. Er lachte.

„Christian! Das ist ja eine Überraschung!“, rief er und umarmte mich. „Ich freue mich über deinen Besuch! Friederike, komm doch mal!“

Ein junges Mädchen kam aus dem ersten Stockwerk über die Treppe ins Erdgeschoss. Friederike!

„Christian!“, rief sie erfreut.

Wir umarmten uns und dann küsste sie mich auf beide Wangen. Ich genoss ihre herzliche Begrüßung und hatte ein Gefühl, als ob sich Schmetterlinge in meinem Bauch tummelten. Wir lächelten uns an. Sie ist noch hübscher geworden, dachte ich.

„Entschuldigt bitte meinen späten Besuch", sagte ich, „aber ich bin in eine missliche Lage geraten und würde mich freuen, wenn ich heute Nacht hierbleiben könnte."

„Sicher", antwortete Albert. „Du bist uns willkommen."

Friederike nickte und lächelte.

„Dein Pferd auch", sagte sie nach einem Blick aus der Tür. „Aber im Stall wird es sich wohler fühlen als in unserer Wohnstube."

Dann holte sie eine Laterne und zündete die darin befindliche Kerze mit einem Schwefelholz an.

„Kommt, ihr beiden!", sagte sie und meinte damit meinen Hengst und mich. „Folgt mir!"

Ich nahm mein Pferd am Zügel und ging hinter ihr her.

„Zur Schule gehören zwei Ställe", erklärte Friederike. „Ein Hühnerstall und ein Stall, in dem ein Schwein, eine Kuh, die Stute Lotte und ihr Fohlen Toni untergebracht sind. Neben den beiden Pferden ist für deinen Hengst noch Platz."

„Danke", sagte ich und sah zu, wie Friederike das Tor des Stalles öffnete. Wir gingen hinein. Die Bereiche der Tiere waren durch halbhohe Holzwände getrennt. Ich schaute mir Lotte und ihr Fohlen Toni aus der Nähe an. Die Stute hatte ein dunkelbraunes Fell und war gut gewachsen. Toni kuschelte sich ängstlich an die Mutter, als es uns sah. Es stand noch etwas schwankend auf den Beinen.

„Ist das Fohlen nicht niedlich?", fragte Friederike.

„Ja", antwortete ich. „Wie alt ist es?"

„Erst drei Tage. Hat dein Pferd auch einen Namen?"

„Ja, er heißt Tasso."

„Passt zu solch einem stolzen Hengst."

Dieser ließ sich von mir willig in den noch freien Raum des Stalles führen. Ich nahm ihm das Zaumzeug und den Sattel ab und hing die Sachen an der hinteren Stallwand auf. Dann rieb ich sein verschwitztes Fell mit Stroh ab. Friederike holte einen Eimer Wasser und füllte Heu und Hafer in das Futterbecken. Dann half sie mir beim Abreiben meines Pferdes. Als wir es versorgt hatten, gingen wir wieder zum Schulhaus zurück.

Albert und Friederike wollten natürlich wissen, wie es mir als Soldat ergangen war und warum ich nach Laußig gekommen war. Ich erzählte ihnen alles, was vorgefallen war. Und während ich redete, servierte mir Friederike ein Nachtmahl: Brot, Schinken und ein Krug Bier.

„Kennt ihr den Fallensteller?", fragte ich und legte mir den Schinken auf das Brot.

„Ja", antwortete Albert. „Nicht gut, aber ich weiß, dass er aus dem Dorf Pristäblich stammt. Ein Bauer, der sich die Waldhütte gebaut hat, weil er gern auf die Jagd geht."

Friederike lachte und sagte: „Zukünftig trägt er als Jagdkleidung sicher Christians Uniform. Da werden die Tiere aber staunen!"

Albert stimmte ihr lachend zu.

„Wenn ich mir die alten Klamotten ansehe, die Christian trägt, dann denke ich, dass der Fallensteller einen guten Tausch gemacht hat."

„Hoffentlich wird er nicht als Deserteur verhaftet", sagte ich und musste grinsen.

„Hoffentlich wirst du nicht verhaftet", sagte Albert. „Hier im Dorf kennt dich sicher keiner, aber du musst vorsichtig sein. Ist dir eigentlich klar, was du dir da eingebrockt hast? Du hast einen Befehl verweigert und bist aus der sächsischen Armee desertiert. Sie werden dich suchen und, wenn sie dich gefunden haben, erschießen."

„Hier wird mich keiner suchen", antwortete ich. „Meine Verfolger habe ich schon in Söllichau abgeschüttelt. Und zu dem, was ich getan habe, stehe ich."

„Dazu kannst du auch stehen", stimmte mir Friederike zu. „Ich wäre auch desertiert."

Es freute mich, dass Friederike mein Verhalten richtig fand.

„Ich möchte aber nicht, dass ihr meinetwegen Schwierigkeiten bekommt", sagte ich. „Deshalb ist es sicher besser, wenn ich euch am frühen Morgen verlasse."

„Das musst du nicht", erwiderte Albert. „Du bist hier willkommen. Bleib, so lange du willst. Oben ist noch eine Kammer frei. Da kannst du wohnen. Wie siehst du das, Friederike?"

Das Mädchen nickte freudig und antwortete: „Christian ist bei uns sicher. Wir erzählen den Dorfbewohnern, dass er unser Vetter ist, der zu Besuch gekommen ist. Aber wenn ich ihn mir so anschaue, muss ich sagen, dass er nicht sehr vorteilhaft gekleidet ist."

„Da hast du recht", stimmte ihr Albert zu. „Christian, du kannst von mir einige Kleidungsstücke anziehen. Morgen früh kannst du dir eine Hose, eine Jacke, Hemden und Unterwäsche aussuchen. Sie müssten dir passen. Auch ein Paar Schuhe habe ich für dich. Ich wette, du hast meine Schuhgröße."

„Danke", sagte ich und war froh, dass ich die alten Sachen des Fallenstellers bald ausziehen konnte.

Ich wollte natürlich auch wissen, wie es den Geschwistern in Laußig ergangen war. Albert erzählte von französischen Soldaten, die vor einer Woche im Ort waren. Die Offiziere hätten sich im

Schulhaus einquartiert. Deshalb sei kein Unterricht möglich gewesen. Die einfachen Soldaten hätten vor dem Ort auf einem Feld biwakiert. Vor zwei Tagen seien die Franzosen weitergezogen.

Dann holte Albert aus dem Keller eine versteckte Flasche Rotwein. Er stellte drei Weinpokale auf den Tisch und schenkte mir, seiner Schwester und sich selbst ein. Wir ließen unsere Pokale aneinanderstoßen. Ich trank selten alkoholische Getränke, aber der Wein schmeckte mir sehr gut. Wir erzählten noch eine Zeit lang, aber bald fielen mir die Augen zu. Kein Wunder nach dem Bier und dem Wein. Ich war hundemüde und sehnte mich nach einem Bett. Friederike zeigte mir die kleine Kammer im oberen Stock des Hauses und bereitete mir dort ein Schlaflager. Sie vergaß auch nicht, mir eine Waschschüssel und einen Nachttopf hinzustellen.

Christian Burgers Tagebuchaufzeichnungen vom 6. Oktober 1813 Mittwoch

Die Kosaken kommen

Früh am Morgen wurden wir durch die laute Stimme eines Dorfbewohners geweckt. „Die Kosaken kommen!", rief er. Auf seinem Rundgang durch Laußig wiederholte er diesen Ruf mehrmals. Albert, Friederike und ich verließen das Schulhaus und gingen zum Dorfplatz. Dort hatten sich schon zahlreiche Leute versammelt und begrüßten die berittenen russischen Soldaten mit freudigen Rufen. Zwei Dorfbewohner holten aus ihren Häusern kleine Gastgeschenke für die Kosaken. Sie glaubten wohl, dass sie sich mit Branntwein, Sauerkraut und Heringen die Fremden zu Freunden machen könnten. Die Beschenkten verschmähten weder die Speisen noch den Branntwein. Einer von ihnen rief: „Mehr Schnaps!"

Ein Dörfler, der sich anscheinend bei den Kosaken besonders anbiedern wollte, ging in sein Haus und kam mit einer großen Kanne Branntwein zurück. Er reichte sie einem der russischen Soldaten.

„Herr Offizier, hier habe ich für Sie und Ihre Soldaten eine kleine Aufmerksamkeit", sagte er.

Der Kosak nahm die Kanne, nickte dankbar und trank. Dann gab er sie an einen Kameraden weiter. Ich musterte die Kosaken voller Bewunderung. Ihnen eilte ja der Ruf voraus, dass sie verwegene Kämpfer und Reiter seien. Es hieß, dass sie die größten Flüsse durchschwimmen und die steilsten Hügel erklettern könnten. Auch ihre Herzlichkeit wurde gerühmt. Mir gefiel ihr exotisches Aussehen, die starken Vollbärte, die langen, dunklen Haare, die dicken Schafspelze, die weiten, blauen Hosen und vor allem ihre Waffen. Sie trugen Lanzen, die Piken genannt wurden, lange türkische Pistolen und krumme Säbel. Der Kosak, der mit der Kanne Schnaps beschenkt worden war, stellte uns auf Russisch einige Fragen. Keiner von uns konnte sie beantworten, denn wann und wo hätten wir die russische Sprache erlernen können?

Als der Kosak das bemerkte, rief er: „Franzosen?"

Diese Frage begleitete er mit Gesten. Er zeigte auf die Häuser, die am Rande des Dorfplatzes standen. Dann führte er die rechte Hand an seinem Hals vorbei. Das war unmissverständlich. Er wollte von uns wissen, ob noch französische Soldaten in unserem Dorf waren.

Albert schüttelte den Kopf und antwortete: „Keine Franzosen hier."

„Franzosen suchen!", rief der Kosak und gab seinen Kameraden einige russische Befehle. Anscheinend war er einer ihrer Offiziere.

Zu uns gewandt rief er: „Dawei! Dawei! Geht in eure Häuser!"

Wir gingen zum Schulhaus zurück. Vom Dachgeschoss aus konnten wir durch eine Dachluke das Dorf gut überblicken. Wir sahen, dass die Kosaken in mehrere Häuser eindrangen. Sie hatten Albert anscheinend nicht geglaubt, als er ihnen sagte, dass sich keine Franzosen mehr in unserem Dorf versteckt hielten. Die Kosaken handelten nach dem Motto „Vertrauen ist gut, Kontrolle ist besser".

„Bald werden sie sicher auch das Schulgebäude durchsuchen", meinte Albert.

„Werden sie", stimmte ihm Friederike zu. „Ich hoffe nur, dass sie unsere Wertsachen nicht finden."

„Habt ihr sie auch gut versteckt?", fragte ich besorgt.

„Ja, wir haben unsere Wertsachen gut versteckt", antwortete Albert. „So gut, dass sie nicht einmal die französischen Offiziere gefunden haben, die sich hier einquartiert hatten."

„Die einzigen Wertsachen, die ich besitze, sind in meinen beiden Brustbeuteln“, erklärte ich. „Ein bisschen Geld, meine Erkennungsmarke und ein Kartenspiel. Wo habt ihr eure Wertsachen denn versteckt?“

„Meinst du, wir sollten Christian einweihen?“, fragte Albert Friederike.

„Er ist vertrauenswürdig“, erwiderte sie.

„Wem sollte ich denn auch eure Verstecke verraten und warum?“, fragte ich.

„Gut, wir sagen dir, wo unsere Wertsachen sind“, antwortete Albert. „Meine Kaffeemühle liegt in einem Beet unter dem großen Fenster des Klassenraums. Uhren und Geld haben wir in einer kleinen Höhlung unter einem Mauerstein versteckt.“

„Ein besonders raffiniertes Versteck haben wir für die Branntweinflaschen angelegt“, erzählte Friederike stolz. „Einige Bauern glaubten, ihre Schnapsvorräte wären im Schulhaus sicherer aufgehoben als auf ihren Gehöften. Und so haben wir gemeinsam mehr als hundert große Flaschen Branntwein im Schulhauskeller eingemauert. Vor der Mauer stehen drei der Flaschen in einem großen Regal, das die frisch gemauerte Wand verdeckt.“

„Eine tolle Idee“, lobte ich. „Habt ihr noch mehr Sachen versteckt?“

„Ja“, erwiderte Friederike. „Meine Geige liegt in einer Kiste im Keller, unter alten Decken. Aber nicht nur im und vor dem Haus haben wir Sachen versteckt, sondern auch in der Kirche. Und nicht nur wir, auch andere Dorfbewohner haben Betten und Kleidung dorthin gebracht. Wir hoffen, dass plündernde Soldaten sie in der Kirche nicht finden werden. Bisher ist alles gutgegangen.“

Aber heute Morgen sind die Kosaken ins Dorf gekommen, dachte ich. Bei aller Bewunderung für diese russischen Soldaten war ich nicht sicher, ob sie die Laußiger Dorfbewohner nicht genauso ausplündern würden, wie die Franzosen es mit den Einwohnern von Söllichau getan hatten.

Ich hörte, wie von außen gegen die Haustür des Schulgebäudes geschlagen wurde. Albert öffnete die Tür. Fünf Kosaken drängten ihn zur Seite. Die russischen Soldaten durchsuchten das Schulgebäude nach versteckten Franzosen. Sie fanden natürlich keine, aber was sie fanden, begeisterte sie dermaßen, dass ihre Freudenschreie durch das ganze Haus schallten. Sie hatten im Keller die drei nicht eingemauerten Schnapsflaschen entdeckt und ihre Beute ins Erdgeschoss getragen. Und noch etwas hatten sie entdeckt, das sie begeisterte: Friederikes Geige und den dazugehörigen Bogen. Einer der Kosaken begann gleich auf dem Instrument zu spielen. Eine schwermütige Melodie, die anscheinend aus Russland stammte, denn die vier anderen Soldaten sangen dazu. Die Melodie gefiel uns. Als der russische Soldat sein Musikstück beendet hatte, zeigte Friederike auf ihr Instrument und dann auf sich. Der Kosak lachte und reichte ihr die Geige und den Bogen. Und dann schauten fünf russische Soldaten Friederike erwartungsvoll an. Sie sah Albert an. Der nickte ihr aufmunternd zu und sagte: „Spiel ihnen etwas vor! Vielleicht ‚Wenn alle Brünnlein fließen'. Das kannst du doch besonders gut."

Friederike spielte dieses schöne Volkslied, und als sie es beendet hatte, klatschten die Kosaken begeistert Beifall. Auch mich hatte ihr gefühlvolles Geigenspiel fasziniert. Ich erinnerte mich, dass Friederike als Schülerin bei einem Musiklehrer Geigenunterricht bekommen hatte. Aber dass sie so wunderschöne Melodien auf ihrem Instrument spielen konnte, hatte ich nicht gewusst. Die Kosaken kamen in Stimmung. Sie sangen wieder das russische Lied, das einer von ihnen eben mit der Geige gespielt hatte. Friederike verstand das als Aufforderung, dieses Musikstück auch einmal zu intonieren.

„Ich probiere es", sagte sie und nahm ihre Geige und den Bogen. „Die Melodie habe ich mir merken können."

Ihr gelang es, das Musikstück fast so schön zu spielen, wie der Kosak es vorgetragen hatte. Die fünf russischen Soldaten sangen voller Inbrunst dazu und ich hatte das Gefühl, dass Friederikes Geigenspiel ihre Herzen ebenso wie meines gerührt hatte. Die Kosaken verließen das Schulhaus. Einer drehte sich zu uns um, bevor er ging, und gab uns mit Gesten zu verstehen, dass wir mitkommen sollten. Er zeigte auf Friederikes Geige.

„Soll ich sie mitnehmen?", fragte Friederike.

Der Kosak nickte. Friederike packte ihre Geige und den Bogen in eine Instrumententasche. Dann verließen wir das Schulgebäude und folgten den Kosaken zu einem nahe gelegenen Bauernhof. Friederike trug ihre Geigentasche und drei der Kosaken die Branntweinflaschen.

Ich sah, dass eine Gruppe russischer Soldaten auf dem Hof ein Lager aufgebaut und ein Wachfeuer angezündet hatte. Ihre Reitpferde waren am Schulzaun angebunden. Aber wo waren die anderen Soldaten geblieben? Wahrscheinlich hatten sie sich auf mehrere Gehöfte verteilt und vielleicht außerhalb des Dorfes ein weiteres Lager eingerichtet.

Wir wurden von der Gruppe russischer Soldaten, die einen Sitzkreis um ihr Lagerfeuer gebildet hatte, freudig begrüßt. Das lag wohl hauptsächlich an den drei großen Branntweinflaschen, die unsere Begleiter wie Trophäen hochhielten. Es dauerte nicht lange, da machten sie die Runde, bis die erste von ihnen leer war. Ich schaute mich um. Weder die Familie des Bauern noch seine Knechte und Mägde waren anwesend. Sicher trauten sie sich nicht aus den Wohngebäuden heraus. Einer der Kosaken, die uns hierhin mitgenommen hatten, sprach mit seinen Kameraden russisch und zeigte auf Friederikes Geige. Daraufhin baten sie uns gestenreich in ihren Kreis. Einige von ihnen machten pantomimische Bewegungen, die das Spiel mit einer Geige darstellen sollten. Ich schloss daraus, dass sie von Friederike ein Musikstück hören wollten. Sie hatte die Kosaken auch verstanden und bemühte sich, die russische Melodie, die der Kosak in der Schule gespielt hatte, so gut sie konnte zu intonieren. Das gelang ihr gut, sodass fast alle russischen Soldaten mitsangen. Einige tanzten und zogen auch Albert in ihren Tanzkreis. Der bemühte sich mitzuhalten, stellte sich aber doch sehr ungeschickt an.

Dann nahm einer der Kosaken Friederike die Geige und den Bogen aus den Händen und spielte gekonnt ein schnelles Tanzlied. Wieder sangen und tanzten alle mit. Dazu ließen sie die restlichen Branntweinflaschen kreisen. Wir wurden ermuntert zu trinken. Der ungewohnte Schnaps brannte mir im Hals und ich musste mich schütteln und mehrmals husten.

Die Lieder und Tänze der Kosaken wurden stetig lauter und wilder. Albert, Friederike und ich mussten immer wieder aus einer der Branntweinflaschen, welche die Runde machten, trinken. Das taten wir, denn wir wollten den Kosaken gegenüber nicht unhöflich sein.

Irgendwann gab uns Albert ein Zeichen und wir verließen mit schwankenden Schritten das Lager der immer noch feiernden russischen Soldaten. Wir erreichten mit Mühe das Schulhaus. Albert versuchte, mit dem Schlüssel die Haustür zu öffnen. So sehr er sich auch mühte, er schaffte es nicht. Friederike, die weniger getrunken hatte, gelang es schließlich, die Tür zu öffnen. Erschöpft sanken wir in unsere Betten.

Christian Burgers Tagebuchaufzeichnungen vom 7. Oktober 1813 Donnerstag

Ausgetrickst

Wir schliefen tief und fest unseren Rausch aus. Am Morgen stellte Friederike entsetzt fest, dass ihre Geige nicht da war. Sie hatte sie anscheinend im Kosakenlager vergessen. Schnell weckte sie Albert und mich. Albert hatte Probleme, seine Augen zu öffnen. Dann erhob er sich mühsam aus seinem Bett und murmelte leise: „Ich habe einen Brummschädel. Der Branntwein ist mir nicht gut bekommen."

„Ich muss noch einmal zum Lager der Kosaken", erklärte ihm Friederike. „Meine Geige ist dort geblieben. Kommt ihr mit?"

„Ich muss erst einen Kaffee trinken", antwortete Albert. „Geht ihr allein. Ich mache uns Frühstück."

Friederike und ich zogen unsere Kleidung an und wollten gerade das Schulgebäude verlassen, als es an der Haustür klopfte. Friederike öffnete. Vor der Tür stand der Kosak, der gestern Abend so tolle Musikstücke gespielt hatte. Er hielt Friederikes Geigentasche in den Händen und reichte sie ihr. Der Kosak lächelte. Friederike bedankte sich überschwänglich und umarmte ihn vor Freude. Der Kosak war sichtlich überrumpelt. Dann nahm er Friederikes Hand, gab ihr einen Handkuss, sagte etwas auf Russisch und ging.

Nachdem wir Kaffee getrunken und Brote gegessen hatten, klopfte es wieder an der Haustür. Albert ging und öffnete sie. Zwei Kosaken standen vor der Tür. Sie blickten uns mit finsteren Mienen an.

„Männer, mitkommen!", sagte einer im Befehlston.

Als wir noch zögerten, schwang er seine Lederpeitsche und ließ sie durch die Luft wirbeln. Es gefiel mir gar nicht, dass uns der Kosak bedrohte. Ich sah ihn zornig an.

„Gewöhn dir einen anderen Ton an, wenn du mit uns redest", schimpfte ich. „Hast du das verstanden?"

Ich hatte nicht den Eindruck, dass mich der Kosak verstanden hatte. Er schüttelte den Kopf. Ich verspürte große Lust, ihn zu verprügeln. Es fiel mir schwer, mich zu beherrschen.

„Bleib ruhig!", flüsterte mir Albert zu. „Wir wollen keinen Ärger."

Und zu den Kosaken gewandt: „Wir kommen mit!"

Sie brachten uns zu einem Gutshof.

„Wem gehört dieser Hof?", fragte ich Albert.

„Dem Bauern Röter", antwortete er.

Dort wimmelte es von Kosaken. Anscheinend hatte sich eine ganze Kompanie von ihnen da einquartiert. Vor der großen Scheune hielten wir an. Einer unserer Begleiter holte zwei Dreschflegel und gab sie uns. Dann schob er Albert und mich unsanft in die Scheune, bis hinauf auf die Tenne. Dort arbeiteten schon einige junge Männer aus dem Dorf. Haferbündel waren auf der Tenne ausgebreitet. Sie lagen in zwei langen Reihen, mit den Ähren nach innen.

„Dreschen!", befahl uns der Kosak.

Unter seiner Aufsicht schlugen wir mit unseren Dreschflegeln im regelmäßigen Takt auf die am Boden liegenden Haferbündel. Das erforderte einige Übung. Man muss den Dreschflegel am Stiel halten und so durch die Luft schleudern, dass die vorne angebrachte Keule mit großer Kraft auf das Stroh schlägt. So, dass es mürbe wird. Das konnte ich. Aber so kräftig wie ein fast zwei Meter großer Bursche aus dem Dorf konnte ich nicht dreschen. Er schlug mit seinem schweren Dreschflegel so hart zu, dass das Stroh schnell mürbe wurde. Wir arbeiteten schweigend.

Alle, die von den Kosaken auf Röters Tenne zum Arbeitseinsatz verpflichtet worden waren, konnten Hafer dreschen. Nur

Albert nicht. Er war als Lehrer schwere körperliche Arbeit nicht gewohnt und besaß auch wenig handwerkliches Geschick. So führte er mit seinem Dreschflegel von oben her nur sehr leichte Schläge. Und selbst die hielt er nicht lange durch. Nach wenigen Minuten legte er den Dreschflegel zur Seite, setzte sich auf den Boden und wischte sich mit einem Taschentuch den Schweiß aus dem Gesicht.

Unser Aufseher sah das und rief: „Dawei! Dawei!“ Er drängte Albert weiterzuarbeiten.

Ich hörte auf zu dreschen und erklärte dem Kosaken: „Er ist der Dorflehrer, kein Bauer. Deshalb kann er nicht so gut dreschen.“

Der Kosak schüttelte den Kopf. Er hatte mich anscheinend nicht verstanden oder wollte mich nicht verstehen und wandte sich wieder Albert zu.

„Dawei! Dawei!“, rief er noch einmal und schwang seine Lederpeitsche.

Was bilden sich diese russischen Hinterwäldler eigentlich ein, dachte ich. Verpflichten uns zur Zwangsarbeit und zwingen den Dorflehrer, etwas zu tun, was er nicht kann. Diese Drecksäcke waren doch angeblich gekommen, um uns Sachsen von den französischen Besatzern zu befreien. Sie verhielten sich aber hier genauso menschenverachtend wie Napoleons Soldaten. Die Kosaken nahmen sich ebenso einfach das Recht heraus, uns zu schikanieren. Am liebsten hätte ich unseren Aufseher mit meinem Dreschflegel verprügelt. Aber ich beherrschte mich und versuchte, ihm noch einmal klarzumachen, dass Albert nicht dreschen konnte. Ich ging auf den Aufseher zu und drohte ihm mit meinem Dreschflegel.

„Unser Dorflehrer kann nicht gut dreschen“, fuhr ich den Kosaken scharf an. „Kapierst du das endlich?“

Die Männer hatten ihre Arbeit unterbrochen und bildeten einen Kreis um den Aufseher und mich. Der Kosak schaute mich überrascht an. Ich sah, dass er eine lange türkische Pistole trug. Albert versuchte zu schlichten. Er war aufgestanden und drängte sich zwischen uns. Nun hielt er wieder seinen Dreschflegel in den Händen und sagte zu unserem Aufseher: „Ich dresche, so gut ich kann. Komm mit, ich zeige es dir!“

Er ging wieder zu seinem Platz. Der Kosak beachtete mich nicht mehr und folgte ihm. Der zweite Aufseher auch. Wir anderen hielten Abstand und schauten zu, wie Albert ungeschickt mit seinem Dreschflegel auf das Stroh schlug. Er wollte allen zeigen, dass er bereit war weiterzuarbeiten.

Der fast zwei Meter große Bursche ging zu ihm hin und sagte: „Albert, erinnere dich an den alten Gabelmann aus Hohenprießnitz. Du kennst doch die Geschichte, oder?“

Albert nickte und grinste. Seine Körperhaltung veränderte sich. Er ging einige Schritte und schwankte wie ein Betrunkener. Dabei schaute er uns mit einem starren Blick an. Seine Augen waren nach oben verdreht. Einige Muskeln seines Körpers zuckten. Dann fiel er hin. Wie von Krämpfen geschüttelt bewegten sich seine Arme und Beine. Er atmete heftig. Unser Aufseher verließ die Tenne und kam nach weniger als einer Minute mit einer Kanne Branntwein zurück.

„Schnaps gut“, sagte der Kosak und gab Albert, der immer noch auf dem Boden lag, davon zu trinken. Dann richtete er ihn auf und lehnte ihn an die Wand der Tenne.

Albert schien wieder zu sich zu kommen. Er tastete sich an der Wand entlang und verließ mit schwankendem Schritt die Tenne. Der Kosak ließ ihn gehen. Doch Albert hatte den epileptischen Anfall nur gespielt, wie der alte Gabelmann in

Hohenprießnitz, als ihn die französischen Besatzer dort zum Dreschen verpflichten wollten. Auch sie hatten sich täuschen lassen wie der Kosak.

Dreschen konnte Albert nicht, aber er war ein guter Schauspieler.

Christian Burgers Tagebuchaufzeichnungen vom 8. Oktober 1813 Freitag

Pfadfinder gesucht

Am nächsten Morgen weckten mich Geräusche, die durch das halb geöffnete Fenster in mein Zimmer drangen. Laute Stimmen und Schritte. Die Kosaken sind heute aber schon früh munter, dachte ich und verließ mein Bett. Ich schaute aus dem Fenster meines Zimmers zur Dorfstraße hinunter. Ich hatte mich geirrt. Es waren sächsische Soldaten – Füsiliere in roten Uniformjacken und grauen Hosen. Sie patrouillierten mit gesenkten Bajonetten durch das Dorf. Ihnen folgten mit einigem Abstand französische Grenadiere in blauen Uniformjacken und weißen Hosen. Sie hielten ihre Gewehre im Anschlag.

Dann verließen zwei Reiter ein nahe gelegenes Gehöft. Es waren Kosaken. Sie duckten sich dicht an die Hälse ihrer Pferde und trieben sie zu schnellem Tempo an. Die Grenadiere feuerten ihre Gewehre auf sie ab. Ihre Kugeln trafen sie aber nicht, und so ritten die Fliehenden unbeirrt weiter. Ich vermutete, dass die Soldaten alle Häuser und Ställe und sicher auch jeden Busch nach Kosaken durchsuchen würden. Auch unser Schulhaus. Ich weckte Albert und Friederike und berichtete ihnen, was ich gesehen hatte. Wir befürchteten, dass die französischen Infanteristen oder die sächsischen Füsiliere, wenn sie einmal im Haus waren, nicht nur nach Kosaken suchen, sondern auch plündern würden. Friederike überlegte, wo sie ihre Geige vor den Soldaten verbergen könnte. Ihr war klar, dass sie nicht viel Zeit hatte. Dann kam ihr eine Idee: der Kachelofen! Wir hatten gestern und heute nicht geheizt. Deshalb war er kalt. Friederike öffnete die Tür des Kachelofens und schob ihre Geige, die in der Instrumententasche steckte, in die Backröhre.

Kurz darauf wurde von außen kräftig gegen die Haustür des Schulgebäudes geschlagen. Albert öffnete. Drei sächsische Füsiliere standen vor der Tür. Sie richteten ihre Bajonette auf ihn, drängten ihn zur Seite und drangen ins Haus ein. Sie durchsuchten jeden Raum des Hauses, auch den Keller und die Ställe. Angeblich, um versteckte Kosaken gefangen zu nehmen. Aber ihre Suche nutzten sie natürlich auch, wie wir befürchtet hatten, um Wertgegenstände und Nahrungsmittel zu finden und zu stehlen. Albert und Friederike hatten Glück. Die Soldaten fanden weder die im Kachelofen versteckte Geige noch die vergrabene Kaffeemühle und auch nicht die Uhren und die Geldstücke, die in der Höhle unter einem Mauerstein lagen. Sie verließen das Schulhaus und durchsuchten die Ställe. Albert schenkte ihnen Brot, Butter und einige Töpfe mit eingelegten Gurken.

„Ich gönne die Nahrungsmittel lieber meinen Landsleuten als fremden Soldaten", sagte er.

Mir gefiel es nicht, wie er sich bei den Füsilieren anbiederte. Die nahmen Alberts Geschenke natürlich dankend an. Es hielt sie anscheinend davon ab, weitere Nahrungsmittel zu suchen und mitzunehmen.

Kaum waren die sächsischen Füsiliere gegangen, da wurde wieder kräftig gegen die Haustür geschlagen. Albert öffnete. Ich sah draußen einen hohen französischen Offizier und seinen Adjutanten stehen. Sie trugen Bärenfellmützen. Von ihren Pferden waren sie abgestiegen und hielten sie an den Zügeln.

Der Offizier, es war ein Colonel, fragte Albert auf Deutsch: „Bist du der Dorflehrer?"

„Ja, ich bin der Dorflehrer", antwortete der.

„Mitkommen!", befahl der Colonel. Und als er Friederike und mich sah, fügte er hinzu: „Ihr beide auch!"

Die Franzosen führten uns auf den Dorfplatz. Dort wimmelte es von französischen und sächsischen Soldaten. Ich sah, dass sie einige Kosaken, die nicht rechtzeitig aus dem Dorf hatten fliehen können, gefangen genommen hatten. Auch zahlreiche schaulustige Laußiger hatten sich auf dem Platz versammelt. Ulanen und Infanteristen, die in Söllichau gewesen waren, konnte ich nicht ausmachen. Das war mein Glück.

„Wir brauchen einen Begleiter, der sich in dieser Gegend gut auskennt", sagte der Colonel, der uns auf den Dorfplatz geführt hatte, und sah Albert an. „Ich glaube, dass du der geeignete Mann bist."

Albert erschrak. Ich sah, wie alle Farbe aus seinem Gesicht wich. Dann sagte er: „Gern würde ich euch begleiten, aber ich kenne mich in dieser Gegend nicht besonders gut aus. Ich wohne nicht einmal ein Jahr lang hier in Laußig."

„Monsieur, ich bin hier der Dorfschulze", mischte sich ein kleiner, glatzköpfiger Mann in das Gespräch ein. „Mein Name ist Merker. Ich will das nur bestätigen, was unser Lehrer eben gesagt hat. Er ist als euer Begleiter völlig ungeeignet, weil er noch nicht allzu lange hier wohnt. Er musste unsere Kinder unterrichten und konnte die Umgebung unseres Dorfes noch nicht richtig erkunden."

Albert sah den Dorfschulzen mit einem dankbaren Blick an. Merker ahnte aber nicht, dass er mit seiner Hilfsbereitschaft sich selbst keinen Gefallen getan hatte.

„Danke für den Hinweis, Dorfschulze", sagte der Colonel. „Einen Führer, der sich in dieser Gegend nicht auskennt, können wir natürlich nicht gebrauchen. Deshalb wirst du uns begleiten."

„Ich?", fragte Merker irritiert und ich bemerkte an seinem Gesichtsausdruck, dass er seine Einmischung schon bereute.

„Keine Widerrede!", antwortete der Colonel. „Es sollte dir eine Ehre sein, unsere Regimenter zu begleiten."

Für den Schulzen Merker wurde ein Pferd gebracht und er erhielt den Befehl, aufzusitzen. Was blieb dem armen Kerl anderes übrig, als die Soldaten zu begleiten?

Sie verließen Laußig und wir atmeten erleichtert auf. Aber wir hatten uns zu früh gefreut. Nach wenigen Minuten kehrten der Colonel und sein Adjutant wieder zurück. Sie wurden von etwa dreißig berittenen Soldaten begleitet. Der Schulze Merker war nicht dabei. Auf dem Dorfplatz waren noch zahlreiche Dorfbewohner versammelt – auch Albert, Friederike und ich.

„Euer Dorfschulze ist vom Pferd gesprungen und in ein Gehöft am Dorfrand geflüchtet", rief der Colonel zornig. „Meine Männer suchen ihn und werden ihn entsprechend bestrafen. Auch euch Dörfler wird unsere Strafe treffen, wenn sich aus euren Reihen keiner meldet, der uns begleiten will. Wir werden das ganze Dorf niederbrennen."

Daraufhin gab es ein großes Gezeter und Geschrei unter den Dorfbewohnern. Einige Frauen warfen sich vor dem Colonel auf den Boden und flehten ihn an, das Dorf nicht abzubrennen. Dass den Colonel die Reaktion der Dorfbewohner besonders berührte, konnte ich mir nicht vorstellen. Er schien jedoch nachzudenken und sagte: „Gut, wir werden euer Dorf verschonen. Aber nur, wenn ein anderer von euch bereit ist, uns durch die Wälder nach Eilenburg zu führen. Ich warte, aber nicht lange."

Nach Eilenburg wollten sie also, dachte ich und überlegte. Einerseits widerstrebte es mir, französische und sächsische Soldaten als Pfadfinder zu begleiten, andererseits konnte ich, wenn ich es tat, den Laußigern aus ihrer misslichen Lage helfen. Die französischen Soldaten schätzte ich so skrupellos ein, dass sie, wenn sich kein Begleiter fand, wirklich das Dorf niederbrennen würden. Wenn ich jedoch für die Franzosen den Pfadfinder spielte, konnte ich das Dorf retten und mich damit vor allem bei Albert und Friederike bedanken, die mich so gastfreundlich aufgenommen hatten. Aber ich wollte auf jeden Fall nach Laußig zurückkehren und vor allem Friederike wiedersehen.

„Colonel, Ihr müsst nicht länger warten“, sagte ich zu dem Offizier. „Ich werde Euch und Eure Truppen nach Eilenburg führen.“

Der Colonel war einverstanden und ließ mir ein Pferd bringen. Albert und Friederike umarmten mich und verabschiedeten sich von mir.

„Pass gut auf dich auf!“, flüsterte mir Friederike ins Ohr.

„Worauf du dich verlassen kannst“, antwortete ich.

Der französische Offizier befahl mir, auf das Pferd zu steigen. Dann verließen wir Laußig. Ich schaute mich noch einmal um und sah, dass die Menschen immer noch auf dem Dorfplatz standen. Albert und Friederike winkten mir hinterher.

Ich führte die französischen Soldaten abseits der Heerstraße über Waldwege nach Eilenburg, da die Befehlshaber des Korps die Hauptverbindungsstraße meiden wollten. Sie befürchteten Überfälle der Kosaken, die sie in den umliegenden Wäldern vermuteten, und wollten sich nicht ungeschützt den feindlichen Scharfschützen auf der Heerstraße präsentieren. Alle meine Versuche, mich unterwegs abzusetzen, schlugen fehl. Meine Begleiter ließen mich nicht aus den Augen.

Kurz vor Einbruch der Dämmerung erreichten wir den östlichen Teil der Stadt Eilenburg. Hier wurde ich von dem Colonel verabschiedet. Meine Dienste als Pfadfinder waren nicht mehr gefragt. Das Pferd, das sie mir überlassen hatten, musste ich natürlich wieder abgeben.

Was sollte ich tun? Ich wollte auf schnellstem Wege nach Laußig zurückkehren, aber bald würde es stockdunkel sein. Ich beschloss, in Eilenburg zu bleiben, und ging ins Zentrum der kleinen Stadt. Vielleicht würde ich dort einen Schlafplatz für die Nacht finden.

Die Stadt war ein einziges Heerlager. Auf dem Nikolaiplatz hatte sich ein württembergisches Regiment niedergelassen. Die meisten Soldaten spielten Karten. Drei Gefreite hatten sich hinter einer Viererrunde, die Schafkopf spielte, als Zuschauer aufgebaut. Solche Zuschauer werden auch Kiebitze genannt. Meist nerven sie die Spieler, weil sie manchmal ihre Kommentare abgeben und alles besser wissen. Bei diesen drei Kiebitzen hatte ich den Eindruck, dass sie gern selbst gespielt hätten, ihnen aber der vierte Mann fehlte. Wendischer Schafkopf wurde zu viert gespielt.

Einen der Kiebitze sprach ich an: „Herr Major, können Sie mir erklären, was hier los ist?"

Ich wusste natürlich, dass er nur ein Gefreiter war, aber ich dachte, wenn ich den Einfältigen spielte, könnte ich von ihm einiges erfahren.

„Major ist gut", antwortete der Soldat lachend. „Ich bin nur ein einfacher Gefreiter. Aber was hier los ist, kann ich dir sagen: Wir sind gekommen, weil uns Kaiser Napoleon nach Eilenburg gerufen hat."

„Warum hat er euch denn nach Eilenburg gerufen?", wollte ich wissen.

Einer der anderen beiden Kiebitze sah mich genervt an und antwortete auf meine Frage: „Weil er hier morgen früh persönlich erscheinen wird. Er will sein Heer auf die bevorstehende Entscheidungsschlacht gegen unsere Feinde einstimmen."

„Wo soll die große Schlacht denn stattfinden?“, fragte ich weiter.

„In der Dübener Heide“, erwiderte der Soldat, den ich zuvor als Major angeredet hatte.

„Wissen eure Feinde das denn auch?“, fragte ich mit einfältigem Tonfall.

Jetzt schauten mich alle drei Kiebitze mit einem genervten Blick an. Anscheinend waren sie nicht sicher, ob ich wirklich so dämlich war, wie ich tat, oder ob ich sie auf den Arm nehmen wollte.

„Ich denke mal, ihr wisst nicht, ob eure Feinde an der Schlacht teilnehmen wollen“, fuhr ich fort und versuchte ernst zu bleiben. „Aber eine einfache Frage könnt ihr mir sicher noch beantworten: Wo kann ich in Eilenburg übernachten?“

Der, den ich mit Major angesprochen hatte, lachte nur schallend und erwiderte dann: „Übernachten? Wir übernachten hier auf dem Nikolaiplatz. Aber einen Tipp kann ich dir geben: Siehst du da drüben das große, graue Gebäude? Das ist die Schule. Dort haben sich französische Soldaten einquartiert. Vielleicht lassen sie dich ja rein und rücken ein bisschen zusammen.“

Diesmal brachen alle drei Kiebitze in schallendes Gelächter aus. Die vier Kartenspieler, denen sie zugeschaut hatten, nahmen mich gar nicht zur Kenntnis. Sie spielten ungerührt weiter Schafkopf. Einer freute sich, weil er ein Pik-Solo gegen seine Mitspieler gewonnen hatte.

Ich bedankte mich bei den Kiebitzen und ging hinüber zum Schulgebäude. Der württembergische Soldat hatte Recht. Franzosen hatten sich dort einquartiert. Die Räume waren völlig überfüllt. Einen Schlafplatz für die Nacht fand ich dann aber doch noch in einem Klassenraum im Erdgeschoss, zwischen Pferden, die dort untergebracht waren. Ich trank von ihrem

Wasser. Dann nahm ich Heu und Stroh und bereitete mir ein Nachtlager. Ich legte mich hin und schlief friedlich ein.

In der Nacht träumte ich, dass Major Kaas und Rittmeister Lindau in den Pferdestall eindrangen und mich verhaften wollten. Dann kam Friederike und spielte mit ihrer Geige ein Kosakenlied. Der Major und der Rittmeister wandten sich von mir ab, lauschten der Musik und begannen zu tanzen. Ich tanzte mit.

Dann wurde ich wach und schaute mich im Stall um. Die Pferde schliefen. Alles war ruhig. Ich drehte mich auf meinem Strohlager auf die andere Seite und schlief auch bald wieder ein.

Christian Burgers Tagebuchaufzeichnungen vom 9. Oktober 1813 Samstag

Napoleon in Eilenburg

Am Morgen des 9. Oktober weckten mich Soldaten, die gekommen waren, um ihre Pferde aus dem Stall zu führen. Ich folgte ihnen. Überall war Aufbruchstimmung. Die Soldaten setzten sich in Richtung Kültzschau in Bewegung. Dieses kleine Dorf grenzte an den östlichen Teil der Stadt Eilenburg. Ich vermutete, dass Napoleon dort zu seinen Soldaten sprechen würde. Am Rande des Dorfes hatten sich seine Truppen versammelt. Später erfuhr ich, dass es etwa sechzigtausend Soldaten waren. Ich drängte mich durch die Massen der Truppen, die sich vor einer kleinen Anhöhe versammelt hatten. Irgendwann kam ich aber nicht mehr weiter. Immerhin hatte ich es geschafft, einen Platz zu finden, der nur etwa hundertfünfzig Meter von der Anhöhe entfernt war.

Um zehn Uhr erschien Napoleon mit seinen Garden. Sobald er sich den einzelnen französischen Regimentern näherte, wurde er mit einem lautstarken „Vive l'empereur – Heil dem Kaiser!“ begrüßt. Als er zu dem anwesenden sächsischen Korps kam, empfing ihn eisiges Schweigen.

Ich stand als Zuschauer dieses Spektakels inmitten von französischen Grenadieren.

Einer fragte mich auf Deutsch: „Monsieur, Sie tragen keine Uniform. Warum sind Sie hier?“

„Monsieur“, antwortete ich. „Wenn Sie mir versprechen, es keinem zu erzählen, verrate ich Ihnen, warum ich hier bin.“

Der Grenadier war neugierig geworden und bat: „Verraten Sie es mir! Es bleibt unter uns!“

Ich trat näher heran und flüsterte in sein Ohr: „Ich bin ein Spion – stehe in französischen Diensten. Mein Auftrag ist, der

Heeresleitung alle Truppenteile zu melden, die Napoleon nicht mit ‚Vive l'empereur' begrüßen."

Ich hatte nicht das Gefühl, dass er mir das glaubte. Er sah mich mit einem zweifelnden Blick an. In diesem Moment riefen seine Kameraden das „Vive l'empereur". Mein Gesprächspartner stimmte lautstark mit ein. Er verlor das Interesse an mir und schaute nur noch gebannt und fasziniert auf die kleine Anhöhe.

Napoleon hielt seine Ansprache, die er hauptsächlich an die sächsischen Truppen richtete, natürlich auf Französisch. Aber ein Dolmetscher übersetzte seine Worte gleich in die deutsche Sprache und trug sie vor. Dank seiner lauten, kräftigen Stimme konnte ich ihn trotz der Entfernung gut verstehen.

„Soldaten des siebten Armeekorps! Franzosen und Sachsen! Ich weiß, dass das siebte sächsische Korps nach den letzten Feindkontakten unglücklich war. Ich, der Kaiser, bin gekommen, um die Widerwärtigkeiten wiedergutzumachen. Ihr könnt euch darauf verlassen, dass ich mich an die Spitze eures Korps stelle. Ihr, der linke Flügel der großen Armee, habt die Elbe an den Feind verloren. Doch wir wollen ihn zurückwerfen, denn davon wird abhängen, ob Sachsen verloren ist oder nicht.

Ich habe mit den Preußen, die schon lange unsere Feinde sind, und auch mit den Österreichern keinen Frieden geschlossen. Warum? Weil sie die Elbe als Grenze haben wollen. Es ist nichts Neues, die französischen Adler und die sächsischen Fahnen verbunden zu sehen. Schon seit dem Siebenjährigen Krieg haben wir zusammen gefochten. Feinde eures Vaterlandes haben euch Sachsen in eurer Meinung beeinflussen wollen. Nun stelle ich euch die Frage: Kann ich in der nächsten Schlacht mit der Treue für euren König rechnen?"

Ein Teil der anwesenden sächsischen Soldaten, vor allem die Offiziere, beantworteten Napoleons Frage mit einem lauten „Ja."

Er fuhr mit seiner Rede fort: „Einer, der in den französischen Dienst erhoben wurde, der Kronprinz von Schweden, zeigt sich als Verräter an euch und seinem Vaterland. Auch diejenigen von euch, die ebenfalls zum Feind übergelaufen sind, können nur das Unglück von eurem Land gewollt haben.

Jedem sächsischen Soldaten ist es aber freigestellt, den Dienst zu verlassen, wenn er nicht länger unserer Sache dienen will."

Ich fühlte mich durch Napoleons letzten Satz persönlich angesprochen. Hatte ich richtig gehört? Jedem sächsischen Soldaten war es freigestellt, den Dienst zu verlassen? Das hatte ich getan. Und warum? Weil ich seiner Sache nicht länger dienen wollte. Also war ich auch kein Deserteur mehr.

Zum Schluss seiner Rede forderte Napoleon alle sächsischen Soldaten auf, ihm und ihrem König die Treue zu schwören.

Aus den Kehlen der französischen Soldaten ertönte ein tausendfaches „Vive l'empereur." Dann ließ der Kaiser an ausgewählte französische und sächsische Offiziere Beförderungen und Orden verteilen. Für die sächsischen Offiziere, die sich von Napoleon mit Orden schmücken ließen, hatte ich nur tiefste Verachtung übrig. Warum nahmen sie sein Angebot nicht an und verabschiedeten sich aus seinen Diensten? Dieses feige Pack! Wollten sie nicht sehen, welches Unheil und Elend Napoleon mit seinen Kriegen auch über Sachsen gebracht hatte? Ich wünschte mir meinen Karabiner herbei. Ich hätte nicht gezögert, auf den Kaiser zu schießen.

Napoleon entfernte sich mit seinen Garden und auch das riesige Heerlager setzte sich in Bewegung. Ich hatte keine Lust, ihnen zur großen Entscheidungsschlacht zu folgen, und entschloss mich, auf schnellstem Wege nach Laußig zurückzukehren. Albert und Friederike erwarteten mich und auch ich wollte wissen, wie es ihnen dort in der Zwischenzeit ergangen war. Vor allem hatte ich Angst, dass Friederike etwas passieren könnte. Von den französischen Soldaten erzählte man sich ja so manche üble Geschichte. Junge Mädchen waren vor ihnen nicht sicher.

Bratkartoffeln für die Gäste

Am frühen Abend erreichte ich Laußig. Das Dorf glich einem großen Heerlager. Zahlreiche Wachfeuer brannten auf den Feldern am Dorfrand und auf den Bauernhöfen. Über den Hof der Schule liefen Trompeter eines sächsischen Kürassier-Regiments. Sie trugen grüne Uniformen, die wie die Livree eines Dieners geschnitten waren. Ich vermutete, dass sie sich im Schulhaus einquartiert hatten. Als ich den Unterrichtsraum betrat, erkannte ich ihn kaum wieder. Große Haufen Heu, Hafer und Korngarben lagerten dort. Einige Kürassiere hatten sich hier niedergelassen und aßen aus ihrem Feldgeschirr. Andere standen vor der Küchentür und warteten. Worauf sie warteten, das konnte ich mir gut vorstellen: Der Duft frisch gebratener Kartoffeln stieg mir in die Nase und ließ mir das Wasser im Mund zusammenlaufen.

Ich vermutete Albert und Friederike in der Küche, wollte mich aber nicht an den drei wartenden Kürassieren vorbeidrängen, um sie zu begrüßen. Deshalb stellte ich mich hinter den sächsischen Soldaten an.

Das bemerkte der vor mir in der Reihe stehende Kürassier, drehte sich um und musterte mich von oben bis unten.

„Was hast du hier zu suchen?", fragte er mich.

„Ich wohne hier", antwortete ich. „Darf ich fragen, was du hier zu suchen hast?"

„Meine Kameraden und ich haben uns hier einquartiert", entgegnete der Soldat genervt.

„Und wer gibt euch das Recht dazu?", fragte ich.

„Wir nehmen uns das Recht", antwortete der Soldat. „In Kriegszeiten hat uns die sächsische Bevölkerung zu unterstützen und uns Quartier zu gewähren. Wir kämpfen schließlich für unser Vaterland."

„Ihr kämpft für unser Vaterland?", fragte ich mit ironischem Tonfall. „Ihr seid die Knechte der Franzosen und helft ihnen unser Vaterland auszuplündern. Schämst du dich eigentlich nicht?"

Der sächsische Soldat drohte mir: „Bürschchen, sei vorsichtig mit deinen Bemerkungen." Sein Gesicht färbte sich tiefrot vor Zorn. Er kam näher und hob seine Faust. In diesem Moment kam Friederike aus der Küche. Sie sah mich und den Kürassier, der mich bedrohte.

„Sei friedlich", fuhr Friederike ihn an, „und warte, bis du dran bist. Wenn du hier Streit suchst, ist deine Portion Bratkartoffeln gestrichen. Hast du mich verstanden?"

Der Kürassier gehorchte widerwillig. Er wandte sich von mir ab und ging in die Küche. Seine beiden Kameraden, die vor ihm gewartet hatten, waren von Albert bereits mit Bratkartoffeln versorgt worden. Sie kamen mit gut gefüllten Essgeschirren aus der Küche und setzten sich zu den anderen sächsischen Soldaten. Diese einfache Mahlzeit, die Albert und Friederike für sie zubereitet hatten, schien allen zu schmecken.

Friederike kam auf mich zu und begrüßte mich freudig: „Christian, ich freue mich so, dass du gesund wieder zurückgekommen bist."

Wir umarmten uns und ich spürte die Wärme ihres Körpers.

„Friederike, ich freue mich auch, dich wiederzusehen", erwiderte ich. „Aber was ist denn hier los?"

„Albert und ich haben für unsere Gäste Kartoffeln gebraten", antwortete sie. „Du siehst ja, dass alle eine Portion bekommen haben."

„Komische Gäste!", bemerkte ich. „Sind denn auch für mich noch Bratkartoffeln übrig?"

„Ich glaube schon", antwortete Friederike. „Lass uns in die Küche gehen. Albert wird sich freuen, dass du wieder zurückgekommen bist."

Albert begrüßte mich herzlich.

„Möchtest du auch eine Portion Bratkartoffeln essen?", fragte er mich. „Es sind noch welche in der Pfanne."

„Gern", antwortete ich. „Ich bin hungrig wie ein Wolf."

Albert füllte mir eine große Portion auf einen Teller. Er reichte ihn mir und gab mir auch eine Gabel.

„Was möchtest du trinken?", fragte er.

„Ein Glas Wasser wäre gut", erwiderte ich und ließ mir die Bratkartoffeln schmecken.

Albert füllte Wasser in ein Glas und gab es mir.

„Hast du Napoleons Soldaten gut geführt?", fragte er.

„Ja", antwortete ich. „Ich habe sie über Waldwege nach Eilenburg führen müssen. Die Heerstraße wollten sie nicht benutzen, weil sie Überfälle der Kosaken fürchteten. Im Wald fühlten sie sich sicherer."

Und dann erzählte ich von meinen Erlebnissen in Eilenburg, von Napoleons Rede, vom Aufbruch seiner Truppen nach Düben und der dort anscheinend bevorstehenden großen Schlacht gegen die Preußen, Russen, Österreicher und Schweden.

Unsere Kammern waren von den Kürassieren besetzt. Deshalb blieb uns nichts anderes übrig, als die Nacht auf ein paar Strohbündeln im Unterrichtsraum der Schule zu verbringen. Aber auch dort hatten sich zahlreiche sächsische Soldaten zum Schlafen niedergelegt. Im Haus war das große Chaos ausgebrochen. Wir suchten unser Bettzeug, fanden es aber nicht. Sicher schliefen darin schon sächsische Kürassiere. Oder Plünderer hatten es mitgenommen. Zum Glück hatte Friederike in einem der Schränke noch drei Decken gefunden. Wir behielten unsere Kleidung an und legten uns auf das Stroh. Dann wickelten wir uns in die Decken ein, denn in der Nacht konnte es in dem unbeheizten Raum kalt werden.

Albert schlief sofort ein, aber ich konnte nicht so schnell einschlafen. Die vielen Ereignisse der vergangenen Tage beschäftigten mich so sehr, dass ich nicht zur Ruhe kam. Ich hörte, dass Friederike, die neben mir lag, auch noch wach war. Sie wälzte sich von einer Seite auf die andere. Wahrscheinlich ging es ihr genauso wie mir. Sehen konnte ich sie im Dunkeln nicht.

Dann spürte ich Friederikes Atem an meinem rechten Ohr.

„Bist du auch noch wach?“, flüsterte sie.

„Ja“, antwortete ich leise.

„Was ich dir noch sagen wollte: Ich habe meine Geige in der Kirche versteckt“, sagte sie.

„Gut so“, erwiderte ich. „Besser als im Kamin. Und jetzt schlaf gut, Friederike.“

„Ja, du auch“, flüsterte sie. Doch nach ein paar Sekunden hörte ich wieder leise ihre Stimme:„Aber mir ist kalt.“

„Soll ich dich wärmen?“, schlug ich vor.

Die Frage war mir einfach so herausgerutscht, aber Friederike zierte sich nicht und sagte leise: „Ja."

Wir schlüpften unter unsere beiden Decken und kuschelten uns aneinander. Ich nahm ihre Hand und streichelte sie. Dann tastete ich nach ihrem Gesicht, das ganz nah vor meinem lag, spürte ihre Wangen und ihr Kinn, strich über ihre Stirn, über ihr Haar und fuhr mit dem Zeigefinger sanft über ihre kleine Nase und ihren Mund. Friederike nahm meine Hand und streichelte sie. Ich spürte ihren Atem, und dann küsste sie mich zärtlich auf den Mund.

„Gute Nacht, Christian", hauchte sie. „Schlaf gut."

„Du auch, Friederike", flüsterte ich. „Gute Nacht."

Sie rollte sich wieder in ihre Decke und drehte mir den Rücken zu. Ich spürte immer noch ihren Kuss auf meinen Lippen und konnte lange nicht einschlafen.

Christian Burgers Tagebuchaufzeichnungen vom 10. Oktober 1813 Sonntag

Die große Plünderung

Kurz nachdem ich endlich eingeschlafen war, wurde ich von Geräuschen geweckt, die von draußen ins Haus drangen: Schritte und Stimmen von Soldaten. Ich glaubte auch Axtschläge zu hören. Dann Tierstimmen: das Wiehern von Pferden, das Gackern von Hühnern, das Muhen einer Kuh und das Quieken eines Schweins.

Ich fuhr hoch. Friederike und Albert schliefen noch. Ich weckte sie.

„Hört ihr das auch?“, fragte ich. „Es hört sich so an, als ob Soldaten unsere Tiere aus den Ställen treiben.“

Albert brauchte etwas länger, um wach zu werden, aber Friederike wurde schnell munter.

„Du hast recht“, rief sie erschrocken und rüttelte Albert richtig wach. „Sie stehlen unsere Tiere. Schnell! Wir müssen sie daran hindern!“

Wir liefen aus dem Schulhaus. Draußen war niemand zu sehen. Als wir in den beiden Ställen nach den Tieren sahen, stellten wir entsetzt fest, dass die Türen aufgebrochen waren und alle Tiere fehlten. Die Soldaten hatten unsere Pferde, das Schwein, die Kuh und die Hühner gestohlen.

„Die können nicht weit sein“, sagte ich. „Kommt mit!“

Wir rannten über den Schulhof und versuchten die Dorfstraße zu erreichen. Das gelang uns jedoch nicht, denn Soldaten aller französischen Truppengattungen überschwemmten die Dorfstraße wie eine Flutwelle. Zum Rhythmus der Trommeln riefen sie „Vive l'empereur.“ Trompeter ließen ihre Blasinstrumente ertönen. Kanonen, Pulverkarren und mit Verwundeten und

Branntweinfässern beladene Wagen drängten sich lärmend dazwischen. Wir waren von diesem Chaos der Klänge wie betäubt.

Mehr als dreißig französische Soldaten stürmten über den Hof auf das Schulgebäude zu. Ich wurde zu Boden gerissen. Sie drängten durch den Eingang ins Haus.

In diesem Chaos war es aussichtslos, die Diebe zu verfolgen. Ich konnte mir nicht vorstellen, dass wir unsere Pferde, die uns so ans Herz gewachsen waren, noch einmal wiedersehen würden. Die Kuh, das Schwein und die Hühner, dachte ich, würden sicher bald im Biwak geschlachtet werden und dann auf den Spießen der Wachfeuer brutzeln. Albert, Friederike und ich gingen ins Schulhaus. Wir waren entsetzt. Die Soldaten machten dort, was sie wollten. Sie plünderten alles, was sie gebrauchen konnten, auch Tafeln, Bänke und Stühle. Ihre Beute trugen sie hinaus auf den Schulhof und weiter über die Dorfstraße. Wohin? Das konnte ich nur vermuten. Wahrscheinlich in ihr Biwak, das sie am Dorfrand aufgebaut hatten. Wozu sie das Holz brauchten, war klar. Sie befeuerten damit ihre Wachfeuer. Wir konnten sie nicht daran hindern, nur voll ohnmächtigem Zorn mit ansehen, wie sie das Schulhaus völlig zerstörten. Die Soldaten zerschlugen auch die Ställe und die Zäune und nahmen die Balken, Bohlen und Latten mit. Ihre Gier nach Holz kannte kein Maß.

Wir drängten uns zwischen die völlig entfesselten Plünderer.

„Unsere Wertsachen", flüsterte Albert. „Wir müssen sie holen. Hoffentlich haben die Soldaten sie nicht schon gefunden."

Wir gingen in den Keller hinunter. Hier hielt sich keiner der Plünderer auf. Albert suchte eine Krauthacke. Er fand sie neben anderen Werkzeugen in einem Regal. Dann verließen wir den Keller. Ich schaute noch einmal auf das Regal, das vor der Wand stand, hinter der zahlreiche Branntweinflaschen der

Dorfbewohner versteckt waren. Wenn das die Plünderer wüssten, dachte ich. Wir gingen wieder ins Haus. Einige Soldaten waren damit beschäftigt, Türen auszuhängen und aus der Schule zu tragen. Andere bauten das Treppengeländer ab. Albert und Friederike gingen in die Räume, die sich im ersten Stockwerk befanden, und suchten verzweifelt nach ihren Kleidungsstücken und nach Bettzeug. Die wenigen Sachen, die sie noch fanden, schnürte Albert zu einem Bündel zusammen.

Dann verließen wir mit den wenigen Sachen und der Krauthacke das Schulgebäude. Albert führte uns zu einem Beet, das er vor einigen Wochen unter einem der Fenster des Klassenraums angelegt hatte. Er schaute sich nach allen Seiten um. Es war kein Soldat in der Nähe. Also nahm er die Krauthacke und legte die dort versteckte Kaffeemühle frei. Ihre Uhren und einige Geldstücke hatten er und Friederike in einer Höhle unter einem Mauerstein versteckt. Auch sie waren noch da. Glücklich steckte Albert die Uhren und das Geld in seine Jackentaschen. Die Kaffeemühle wickelten wir hastig in das Wäschebündel ein. Als wir alles verstaut hatten, verließen wir den Schulhof und liefen zur Kirche. Auf dem Kirchplatz hatten sich zahlreiche Dorfbewohner mit Gepäckstücken versammelt. Unter ihnen war auch der Dorfschulze Merker.

„Die Franzosen haben die Kirche aufgebrochen und geplündert“, rief er aufgeregt, als er uns kommen sah.

„Nur wenige unserer versteckten Sachen haben wir noch retten können.“ Albert war sichtlich geschockt. Friederike standen die Tränen in den Augen. Ich versuchte sie zu trösten und legte ihr den Arm um die Schulter.

„Wir schauen mal nach unseren Sachen“, sagte Albert.

„Tut das“, erwiderte Merker. „Ehe sie uns auch noch unser letztes Hemd vom Leib reißen, verlassen wir Laußig. Alle, die sich hier versammelt haben, sind reisefertig. Ihr könnt euch unserer Gruppe gern anschließen."

„Danke für das Angebot", sagte Albert. „Wir brauchen noch etwas Bedenkzeit."

Albert öffnete die aufgebrochene und zerhackte Tür und betrat die Kirche. Wir folgten ihm. Ich hörte noch den Dorfschulzen rufen: „Überlegt nicht zu lange!"

Was sie gebrauchen konnten, hatten die Franzosen und ihre Verbündeten gestohlen. Nur einige alte Bettlaken und Tischdecken hatten sie nicht mitgenommen. Ich war entsetzt über das, was diese Barbaren auch hier angerichtet hatten. Dieser menschliche Abschaum hatte nicht einmal davor zurückgeschreckt, ein Gotteshaus zu plündern. Einige Dorfbewohner waren noch in der Kirche und suchten wie wir verzweifelt nach ihren Sachen. Albert, Friederike und ich gingen hinauf zu einem der oberen Bodenräume. Zwei Koffer mit Alberts und Friederikes Kleidung und etwas Bettzeug fanden wir noch. Friederike war glücklich, dass die Plünderer ihre Geige nicht gefunden hatten. Diese war im Glockenstuhl versteckt. Sie nahm ihr Instrument an sich und schwor, es zukünftig immer bei sich zu tragen und nicht mehr aus den Augen zu lassen.

Wir überlegten, was wir nun tun könnten, und kamen zu dem Schluss, dass auch wir Laußig verlassen sollten. Es war uns nicht mehr möglich, in der völlig überfüllten und zerstörten Schule zu wohnen. Und was konnten wir überhaupt noch essen und trinken? Unsere Vorräte waren aufgebraucht, unser Vieh hatten die Soldaten gestohlen.

„Es ist alles so furchtbar", brachte Friederike unsere Situation auf den Punkt. „Wo sollen wir nur hin?"

„Ich schlage vor, zu unseren Eltern nach Delitzsch zurückzukehren", sagte Albert. „Wir waren lange nicht dort. Ich mache mir

Sorgen um sie. Bestimmt machen sie sich auch Sorgen um uns."

Friederike stimmte ihrem Bruder zu und auch mir gefiel Alberts Vorschlag. Schließlich wohnten auch meine Eltern in Delitzsch. Ich hatte ein schlechtes Gewissen, weil ich so lange nicht bei ihnen gewesen war, machte mir Sorgen um sie und wollte natürlich auch wissen, wie es ihnen in den letzten Wochen ergangen war. Wie würden sie reagieren, wenn sie von mir erfuhren, dass ich von der sächsischen Armee desertiert war? Vielleicht hatten sie ja auch schon Besuch von sächsischen Ulanen bekommen, die mich suchten und in meinem Elternhaus vermuteten.

Ich hoffte, meine Eltern würden für mein Verhalten Verständnis haben. Vielleicht hatten ja die französischen Soldaten Delitzsch nicht so ausgeplündert wie Laußig. Dann könnten wir dort sicher einige Tage wohnen. Also machten wir uns mit unserem Gepäck auf den Weg nach Delitzsch.

Blutiger Kampf im Fährhafen

In der Nähe von Gruna warteten wir auf das Fährboot, das uns an das andere Ufer der Mulde bringen sollte. Zahlreiche französische und sächsische Soldaten hatten das gleiche Ziel. Viel mehr, als das Boot aufnehmen konnte. Ich fragte mich, warum die erheblich größere Fähre nicht fuhr. Als ich sie mir näher anschaute, sah ich, dass sie nicht mehr wassertauglich war und Spuren von Zerstörung aufwies.

Als das Boot anlegte, versuchten Albert, Friederike und ich an Bord zu gehen. Wir hatten eine gute Ausgangsposition auf der Anlegestelle, aber einige französische Soldaten versuchten, uns wegzudrängen. Ein rothaariger Infanterist stieß mir seine Ellbogen in die Rippen, so dass ich zu Boden stürzte und fast ins Wasser gefallen wäre. Ich rappelte mich wieder auf und traf ihn mit einem Faustschlag im Gesicht. Blut quoll aus seiner Nase. Dann wurde ich von hinten gepackt und wieder zu Boden gerissen. Ich versuchte aufzustehen. Zwei französische Offiziere hatten sich vor mir aufgebaut. Ein Colonel und ein Major.

„Bursche, du wagst es, einen französischen Soldaten zu schlagen?", fragte der Major mit einem drohenden Unterton in der Stimme. „Ich werde dir Benehmen beibringen. Du entschuldigst dich dafür, dass du einen Soldaten der großen Armee geschlagen hast. Auf die Knie!"

Er zog seinen Säbel und richtete ihn auf mich. Er ist es, durchfuhr es mich. Der Sadist, der den Bauer in Söllichau gequält hatte: Major Kaas.

„Ich habe den Kerl geschlagen, weil er mich angegriffen hat", antwortete ich. „Wir sind sächsische Bürger und lassen uns hier nicht von französischen Soldaten einfach beiseitedrängen. Niemals werde ich niederknien und mich entschuldigen."

Was mir da so rausgerutscht war, musste den Major provozieren. Ich erinnerte mich an den Söllichauer Bauern. Der hatte ihn auch provoziert und war von ihm dafür schwer misshandelt worden.Was sollte ich tun? Unbewaffnet hatte ich gegen ihn keine Chance. Vorsichtig schaute ich mich um. Ich sah Albert und Friederike, den Fährmann, die französischen Soldaten. Alle waren sie einige Schritte zurückgewichen.

Ich sah den hasserfüllten Blick des Majors. Er hielt immer noch seinen Säbel auf mich gerichtet.

„Ich habe dir befohlen niederzuknien!“, schrie er mich an. „Wird‘s bald?“

Ich hörte Friederike rufen: „Christian, tu, was er sagt! Entschuldige dich!“

Niemals werde ich mich vor diesem Sadisten auf die Knie werfen und mich entschuldigen, dachte ich. Ich überlegte, wie ich mich aus dieser bedrohlichen Situation befreien konnte.

Da kam mir eine Idee. Mein Blick fiel auf den Säbel eines sächsischen Soldaten, der dicht neben mir stand. Mit einer blitzschnellen Bewegung zog ich ihn aus der Halterung, die am Gürtel des Mannes befestigt war. Ich versuchte aufzustehen und den Säbel gegen den Major zu richten. Doch er war schneller und stieß mir seinen Säbel in den linken Oberarm. Ein starker Schmerz durchzuckte meinen Körper. Blut quoll aus der Wunde. Wie von Weitem hörte ich Friederike entsetzt aufschreien. In diesem Moment griff mich der Major noch einmal an. Er war wie von Sinnen, zielte mit seinem Säbel auf meine Brust und stieß zu. Ich konnte seinem Stoß ausweichen, deshalb streifte er nur meine linke Schulter. Trotzdem verlor ich vor Schmerz fast die Besinnung, konnte mich kaum noch auf den Beinen halten. Da trat der französische Colonel an die Seite des Majors. Er hielt ihn am Arm fest und sprach auf Französisch mit ihm. Kaas beruhigte sich. Das war mein Glück, denn sonst hätte er mich sicher getötet.

Ich schaute mich um. Albert und Friederike standen regungslos da, hatten anscheinend noch gar nicht richtig begriffen, was geschehen war. Dann kamen sie zu mir und stützten mich. Meine Wunden bluteten stark. Mir wurde schwindelig. Ich hörte Friederike rufen: „Wir brauchen Verbandszeug! Sonst verblutet er!“

Ein sächsischer Soldat öffnete seinen Tornister und holte daraus eine zusammengerollte Binde aus Leinen und Baumwollstoff.

Er gab sie Friederike. Sie bedankte sich und verband mir damit meine Wunden. Zum Glück schaffte sie es, die Blutungen zu stillen. Albert stützte mich, denn ich stand sehr unsicher auf den Beinen. Meine Wunden schmerzten stark und mir war immer noch schwindelig. Dann führten mich die beiden von der Fähranlegestelle zur Dorfstraße zurück. Ich schaute mich noch einmal um und sah, dass der Fährmann mit seinem von Soldaten völlig überladenen Boot ablegte. Er hatte nicht alle mitnehmen können. Eine größere Gruppe Soldaten ließ er an der Anlegestelle zurück.

Und dann passierte es! Das Fährboot kippte zur Seite und füllte sich mit Wasser. Dann kenterte es. Die Insassen, hauptsächlich französische Soldaten, trieben im eiskalten Wasser. Angstvolle Schreie vermischten sich mit derben Flüchen. Die Soldaten versuchten verzweifelt, sich am Boot festzuhalten. Einige schafften es nicht. Sie fanden keinen Halt mehr und trieben ab. Offensichtlich hinderten ihre Uniformen und die schweren Stiefel sie daran, sich über Wasser zu halten. Es sah auch nicht so aus, als ob sie schwimmen konnten. Vom Ufer her hörte ich französische Kommandos. Ich erkannte auch die Stimme des Majors. Daraufhin legten einige Soldaten ihre Kleidung ab und sprangen in das eiskalte Wasser der Mulde. Wahrscheinlich waren es gute Schwimmer, die nun versuchten, die abgetriebenen Kameraden zu retten.

Ob ihnen das gelang, bekam ich nicht mehr mit. Ich fühlte mich so schlecht, dass es mir gleichgültig war. Mein Mitleid mit den Gekenterten hielt sich in Grenzen. Ich schleppte mich über die Dorfstraße Richtung Gruna. Albert trug die beiden Koffer und das Wäschebündel. Friederike stützte mich mit einem Arm und hielt in der anderen Hand ihre Geigentasche.

Das Gehen fiel mir schwer. Ich wusste nicht, wie lange ich mich noch auf den Beinen würde halten können.

Aufnahme im Pfarrhaus

Wir bringen dich zum Pfarrhaus", sagte Albert, als wir in Gruna ankamen. „Pfarrer Wagner ist ein guter Bekannter von mir. Seine Frau kann dir sicher helfen. Sie ist Hebamme und Heilkundige und soll sich auf die Versorgung von Wunden verstehen."

Mir war alles recht.

„Halte durch, dann wirst du wieder ganz gesund!", machte mir Friederike Mut.

Ich nickte und biss die Zähne zusammen.

Albert klopfte an die Tür des Pfarrhauses. Der Pfarrer, ein älterer Herr mit weißen Haaren und einem Vollbart, öffnete und bat uns herein. Nachdem ich ihm vorgestellt worden war und er alle begrüßt hatte, führte er uns in seine Wohnstube, löste meine durchgebluteten Verbände und sah sich meine Stichwunden an.

„Das sieht nicht gut aus, Christian", meinte er, „aber meine Frau kann deine Verletzungen sicher besser beurteilen."

Und dann rief er: „Auguste, kommst du bitte mal? Wir haben Besuch. Lehrer Albert, Friederike und ihr Freund Christian sind gekommen."

Eine schlanke, grauhaarige Frau erschien und kam über die Treppe ins Erdgeschoss.

Meine Gesichtsfarbe muss wohl sehr blass gewesen sein, denn als sie mich ansah, rief sie erschrocken: „Christian, du siehst aus, als ob du jeden Moment aus den Stiefeln kippen würdest! Setz dich doch!"

Sie zeigte auf eine der beiden Bänke, die am Esstisch standen.

„Danke!", sagte ich und setzte mich. Mir war immer noch schwindelig. Ich fühlte mich sehr müde und wischte mir den kalten Schweiß von der Stirn.

„Wer hat dich denn so zugerichtet?“, fragte der Pfarrer.

„Ein französischer Offizier“, erwiderte ich. „Ein Soldat und seine Kameraden drängten uns von der Anlegestelle der Fähre. Ich wehrte mich und verpasste ihm einen Faustschlag. Dann mischte sich der Offizier ein und wollte mich zwingen, mich zu entschuldigen. Ich weigerte mich. Da zog er seinen Säbel und stach auf mich ein.“

„So was ist an der Fähranlegestelle schon mehrmals passiert“, erzählte Auguste. „Manche Soldaten greifen schnell zum Säbel. Auch einige Bürger aus unserem Dorf sind von ihnen verletzt worden. Ich habe ihre Wunden behandelt.“

Auguste untersuchte auch meine Wunden und legte mir einen frischen Verband an. Albert berichtete unterdessen von der großen Plünderung in Laußig, von den vielen Soldaten, die ins Schulgebäude eingedrungen waren und alles, was sie gebrauchen konnten, ausgeräumt hatten. Er erzählte auch, dass wir deshalb mit unseren wenigen Habseligkeiten Laußig verlassen hatten und nach Delitzsch gehen wollten.

„Die Reise nach Delitzsch könnt ihr vergessen“, sagte Auguste. „Christian braucht dringend ein paar Tage Bettruhe. Mit Stichwunden ist nicht zu spaßen.“

„Nach Laußig können wir nicht zurück“, sagte Friederike. „Das Schulhaus haben die Franzosen unbewohnbar gemacht. Dort kann sich Christian nicht von seinen Verletzungen erholen.“

Der Pfarrer überlegte kurz und schlug dann vor:

„In einigen Tagen müssten Christians Wunden einigermaßen verheilt sein. Solange könnt ihr in unserem Pfarrhaus wohnen. Auguste, was hältst du davon?“

„Viel“, antwortete Auguste und lächelte. „Ihr seid in unserem Haus herzlich willkommen.“

„Danke“, sagte Albert, und an Friederike und mich gewandt: „Seid ihr einverstanden?“

„Sind wir!“, antworteten Friederike und ich gleichzeitig.

„Herr Pfarrer“, sagte Albert, „wir nehmen Ihre Einladung dankend an.“

„Ich halte es für meine Christenpflicht, euch Obdachlose aufzunehmen“, sagte der Pfarrer mit leicht ironischem Unterton in der Stimme. „Aber nur unter einer Bedingung: Ihr sorgt für unser Essen und Trinken. Unsere Vorräte sind fast aufgebraucht. Auch in Gruna haben die Franzosen geplündert.“

„Einverstanden!“, sagte Albert. „Wir bedanken uns für eure Gastfreundschaft.“

Christian Burgers Tagebuchaufzeichnungen vom 11. Oktober 1813 Montag

Wadenwickel und Weidenrindensud

Albert und ich waren in einer Dachkammer des Pfarrhauses untergebracht. Außer mit zwei Feldbetten war der Raum mit einem Tisch und zwei Stühlen möbliert. Friederike hatte nebenan sogar eine kleine Stube nur für sich allein.

In der ersten Nacht schlief ich sehr unruhig. Im Traum stieß Major Kaas immer wieder mit seinem Säbel auf mich ein. Mit einem lauten Schrei fuhr ich hoch und saß schweißnass in meinem Bett. Auch Albert wurde dadurch wach. Er schaute mich besorgt an und rief die Frau des Pfarrers. Auguste kam und legte mir die Hand auf die Stirn.

„Du hast hohes Fieber", erklärte sie.

Inzwischen war auch Friederike in unsere Kammer gekommen und sah mich besorgt an. „Was ist mir dir, Christian?", fragte sie. „Du glühst ja richtig und dein Hemd ist völlig durchgeschwitzt. Du musst es ausziehen, sonst erkältest du dich noch zusätzlich zu deiner Verletzung."

„Du hast recht, Friederike!", stimmte Auguste ihr zu. „Christian, du kannst ein Nachthemd meines Mannes anziehen. Wilhelm wird sicher nichts dagegen haben. Ich hole es gleich. Gegen dein Fieber weiß ich ein gutes Hausmittel: Weidenrinde. Ich koche sie auf. Davon musst du trinken."

„Ich kenne auch noch ein gutes Hausmittel gegen Fieber", sagte Friederike. „Wadenwickel. Man muss Leinstoffe in kaltes Wasser tauchen und sie um die Waden binden."

Auguste nickte zustimmend. „Das ist eine gute Idee, Friederike", sagte sie. „Wadenwickel und Weidenrindensud werden Christians Fieber sinken lassen. Ich bereite alles vor."

„Soll ich dir bei den Vorbereitungen helfen?", fragte Friederike.
„Gern!", antwortete Auguste. „Komm!"

Die beiden Frauen verließen den Raum. Nach ungefähr einer halben Stunde kamen sie wieder zurück. Auguste legte mir die Wadenwickel an. Friederike flößte mir den heißen Weidenrindensud ein. Das Zeug schmeckte absolut scheußlich, doch ich würgte es herunter.

In der Nacht verschlechterte sich mein Zustand. Ich wurde wach, weil Albert mich schüttelte und rief: „Aufwachen, aufwachen!" Im ersten Moment wusste ich nicht, wo ich war, und mir war schrecklich kalt. Meine Zähne schlugen klappernd aufeinander und mein ganzer Körper wurde von Kälteschauern geschüttelt. Jeder Muskel schmerzte und jede Berührung ebenfalls. Meine Versuche, Albert abzuschütteln, schlugen fehl. Im Gegenteil, er hielt mich fest und rief laut nach Friederike und Auguste. Ich begriff überhaupt nichts. Das Einzige, was ich fühlte, war eine Eiseskälte im ganzen Körper und schreckliche Kopfschmerzen. Nach wenigen Sekunden kam Friederike ins Zimmer gestürzt und kurz darauf Auguste. Sie schickte Friederike hinaus, um aus dem Schrank im Flur Decken zu holen und für heißes Wasser zu sorgen. Als Friederike mit den Decken zurückkam, wurde ich dick eingewickelt, so dass ich mich kaum mehr rühren konnte. Albert stand meist im Weg und Auguste schob ihn mal zur einen, dann zur anderen Seite, bis sie zu ihm sagte: „Setz dich bitte oder warte in Friederikes Zimmer oder leg dich ins Bett, im Moment wirst du nicht gebraucht."

Daraufhin zog sich Albert von meinem Bett zurück. Ich sah nicht, wohin er ging, aber ich merkte, wie die Kälte langsam nachließ und mein Körper wieder wärmer wurde. Das Zittern und Zähneklappern hörte auf. Nur die starken Kopfschmerzen hielten unvermindert an. Auguste schickte Friederike in die Küche, den Weidenrindensud zu holen. Auch sollte sie kaltes Wasser für neue Wadenwickel mitbringen. Das verstand ich überhaupt nicht, denn ich war froh, dass mir nicht mehr so schrecklich kalt war. Und da drohte Auguste schon wieder mit Wadenwickeln. Aber keine halbe Stunde später hatte ich die Erklärung: Das Fieber war mit voller Stärke wieder da. Auguste und Friederike wickelten mich aus den Decken. Als ich versuchte, mich gegen den abscheulichen Weidenrindensud zu wehren, hatte ich bei Auguste kein Glück. Sie drohte mir sogar damit, ihren Mann zu holen, sollte ich nicht zur Vernunft kommen. Friederike musste mir beim Trinken des Suds helfen. Der Schmerz im linken Oberarm hatte zugenommen und war zu einem starken Klopfen angewachsen. Bei jeder Bewegung hatte ich das Gefühl, mir würde der ganze Arm abgerissen. Die linke Hand war kraftlos und ich war nicht in der Lage, die Tasse zu halten. Daran merkte ich, wie sehr ich vom Fieber geschwächt war. Als ich mich aufsetzen wollte, gelang mir das nicht. Erst wurde mir schwindelig, dann schwarz vor Augen und ich fiel mit einem Stöhnen auf den Strohsack zurück. Auguste sah sich nach Albert um. Der hatte sich tatsächlich in sein Bett gelegt und war eingeschlafen.

Sie sagte zu Friederike: „Ich werde mich auch wieder ins Bett legen und versuchen, etwas zu schlafen. Das Stundenglas lasse ich dir hier. Mach bitte weiter mit den Wadenwickeln. Wecke Albert in einer Stunde, damit er dich ablösen kann."

Friederike nickte zustimmend und sagte: „Wie man Wadenwickel anlegt, hat er nun oft genug gesehen und kann das bis zum Morgen übernehmen. So kann ich auch noch etwas schlafen und mich erholen."

Auguste ermahnte Friederike: „Sollte sich Christians Zustand verschlechtern und er zu fantasieren beginnen, hol mich bitte sofort."

Zu mir gewandt sagte sie: „Ich werde dir noch schnell eine warme Milch holen. Die musst du trinken, dann kannst du auch schlafen. Schlaf und der Weidenrindensud sind für dich die beste Medizin."

Nach kurzer Zeit war Auguste mit der warmen Milch zurück. Friederike hielt mir die Tasse an den Mund und Auguste stützte mich, denn allein hätte ich mich nicht aufsetzen können. Die Milch schmeckte seltsam, doch ich hatte keine Kraft, danach zu fragen, warum das so war. Ich schob es auf den widerlichen Geschmack, den ich durch den Weidenrindensud im Mund hatte.

Als Auguste gegangen war, wollte ich Friederike bitten, mir etwas auf der Geige vorzuspielen, doch mit diesem Gedanken schlief ich ein.

Mein Bett war von französischen Soldaten umstellt. Auch Major Kaas war dabei. Er starrte mich mit blutunterlaufenen Augen an und zeigte mit dem Säbel auf mich.

„Packt ihn!", schrie er und Speichel tropfte aus seinem Mund. „Er hat einen Soldaten der großen Armee angegriffen. Dafür hat er sich nicht entschuldigt. Bestraft ihn!"

Die anderen Soldaten lachten höhnisch und beratschlagten, wie sie mich bestrafen wollten.

Der Soldat neben dem Kopfende des Bettes fragte den Major: „Sollen wir das Bett anzünden?" Ein anderer rief: „Wir können ihn mit unseren Säbeln abstechen und dann erwürgen!" Ein Dritter machte den Vorschlag, mir die Gliedmaßen abzuhacken.

Der Major lachte höhnisch und sagte zu seinen Soldaten: „Macht mit ihm, was ihr wollt. Am besten alles auf einmal."

Ich schrie und versuchte, mich zu wehren, doch viele Hände hielten mich fest und drückten mich auf den Strohsack. Schweiß lief mir in Strömen über den Körper. Dann schlug mir jemand ins Gesicht und kippte mir kaltes Wasser über den Kopf. Ich hatte das Gefühl, ertrinken zu müssen, und rang nach Luft.

„Christian, Christian, wir sind es! Wach auf, wach endlich auf!“, drang die Stimme von Auguste an mein Ohr.

Ich schüttelte mich und keuchte: „Sind sie weg? Wie habt ihr es geschafft, sie zu vertreiben?“

Ich fühlte eine Hand, die mir den Schweiß aus dem Gesicht wischte. Als ich aufsah, blickte ich auf Friederike, Auguste, Albert und den Pfarrer. Alle standen um mein Bett. Mittlerweile war es Tag geworden. Mein Nachthemd klebte mir am Körper, das Laken war tropfnass. Auguste zog mir ein trockenes Nachthemd an. Der Pfarrer trat an mein Bett, legte mir die Hand auf den Kopf und sprach ein Gebet. Auguste sagte tröstend zu mir: „Das war die Krisis. Du hattest einen schrecklichen Albtraum. Doch jetzt ist das Schlimmste überstanden. Trink noch einmal von der Milch. Der nächste Schlaf wird erholsamer sein.“

Ich befolgte gehorsam Augustes Anweisung und schlief wieder ein.

Diesmal träumte ich, dass sich jemand neben mich auf den Strohsack legte. Ich konnte nicht erkennen, wer es war. Dieser Jemand verbreitete eine wohlige Wärme und roch angenehm nach ... Mir fiel im Moment nicht ein, woher ich diesen Duft kannte. Ich wollte sehen, wer diese wohlige Wärme und den angenehmen Geruch verströmte. Doch es gelang mir nicht, meine Augen zu öffnen. Aber es war ein tolles Gefühl, so warm und kuschelig im Bett zu liegen.

Dann hatte ich den Eindruck, dass mir eine Vogelfeder über die Stirn strich und mir weiche Lippen einen Kuss auf die Wange drückten. Endlich war ich im Stande, meine Augen zu öffnen. Die Vogelfeder, die mir über die Stirn gestrichen hatte, war Friederikes Hand. Der Jemand neben mir war Friederike. Sie hatte sich zu mir auf den Strohsack gesetzt.

Christian Burgers Tagebuchaufzeichnungen vom 12. Oktober 1813 Dienstag

Musikalische Krankenpflege

Der Weidenrindensud und die Wadenwickel hatten wohl bewirkt, dass ich am nächsten Morgen fast fieberfrei war. Auguste reinigte meine Stichwunden mit warmem Wasser und desinfizierte sie mit Branntwein. Es brannte höllisch und trieb mir die Tränen in die Augen. Dann legte sie mir frische Verbände an. Friederike half ihr dabei.

Mir fiel der seltsame Geschmack der warmen Milch wieder ein.

„Was war eigentlich mit der Milch, die ihr mir gegeben habt?“, fragte ich Friederike. „Sie schmeckte so komisch.“

Friederike schmunzelte und erzählte mir dann: „Ich habe Auguste gestern gefragt, warum sie dir in der Nacht noch warme Milch gebracht hat, obwohl sie doch sicher hundemüde war. Sie hat mir erklärt, dass sie in der Milch eine getrocknete Mohnkapsel aufgekocht hatte. Das ist ein altes Hausmittel gegen Schmerzen und gegen die damit verbundene Schlaflosigkeit.“

Ich konnte Auguste im Stillen nur beipflichten, bei mir hatte es hervorragend gewirkt.

Während des Tages schlief ich noch viel, wurde aber zwischendurch immer wieder wach, weil ich mich auf die linke Seite gedreht hatte und auf meinem verletzten Arm lag.

Am frühen Abend wachte ich wieder auf. Ich fühlte mich um einiges besser als noch am Morgen. Friederike kam in meine Kammer und legte mir ihre Hand auf die Stirn.

„Du bist ja fieberfrei!“, sagte sie und lächelte.

„Ja“, sagte ich, „der Schlaf hat mir gut getan. Ich habe eine Bitte: Kannst du mir etwas auf deiner Geige vorspielen?“

„Gern“, antwortete Friederike.

Sie holte die Geige aus ihrer Kammer und setzte sich auf den Schemel vor meinem Bett.

„Hast du ein Wunschlied?“, fragte sie mich.

„Ja, ‚Wenn alle Brünnlein fließen‘“, antwortete ich, denn ich erinnerte mich daran, wie schön sie dieses alte Volkslied im Schulhaus den Kosaken und uns vorgespielt hatte. Friederike nickte und begann zu spielen. Albert öffnete leise die Tür und wollte hereinkommen, aber als er seine Schwester spielen hörte, blieb er auf der Türschwelle stehen und wartete so lange, bis sie ihr Lied beendet hatte.

„Danke“, sagte ich lächelnd.

Friederikes Geigenspiel hatte mich so verzaubert, dass ich mich wie im siebten Himmel fühlte. Albert kam herein und klatschte Beifall.

„Sehr schön, Friederike“, sagte er anerkennend. „Ich wusste gar nicht, dass du hier für Christian ein Privatkonzert gibst.“

„Er hat es sich gewünscht“, erwiderte Friederike leicht errötend. „Nicht nur Wadenwickel und Weidenrindensud tragen zur Genesung eines Kranken bei, auch Musik.“

„Da hast du recht“, sagte Albert. „Deine Musik entführt uns aus der schrecklichen Wirklichkeit in eine andere, schönere Welt. Spiel doch noch was!“

„Gern“, sagte Friederike. „Was möchtet ihr denn hören?“

„Könnt ihr euch noch an das Lied erinnern, das wir in Delitzsch in der Schule so oft gesungen haben?“

„Meinst du ‚Wie schön grüßt uns der Maien‘?“, fragte Friederike.

„Genau, das Lied meine ich“, antwortete Albert. „Ich singe es immer wieder gern. Kannst du es mit der Geige begleiten?“

„Ja“, erwiderte Friederike. „Christian, kannst du das Lied mitsingen?“

Ich hätte es zwar mitsingen können, aber so schief, dass ich das den beiden nicht zumuten wollte. Deshalb sagte ich: „Ich würde ja gern mitsingen, aber ich fühle mich noch so schwach.“

Friederikes Blick sagte mir, dass sie mir das nicht glaubte. Sie spielte auf ihrer Geige ein kleines Vorspiel und dann stimmte Albert mit seinem Gesang ein. Er hatte eine schöne Stimme und konnte gut den Ton halten. Es war herrlich, ich hätte den beiden noch stundenlang lauschen können. Alle Anspannung fiel von mir ab und ich schlief ein.

Christian Burgers Tagebuchaufzeichnungen vom 13. Oktober 1813 Mittwoch

Alles aufschreiben

Als ich aufwachte, war es bereits Tag – der 13. Oktober. Die Sonne schien durch das geöffnete Fenster direkt in mein Gesicht. Die Luft war frisch und ich fühlte mich noch besser als am Tag zuvor. Als ich mich streckte, durchfuhr ein stechender Schmerz meinen linken Oberarm. Ich zuckte zusammen und ein Schmerzenslaut entfuhr mir.

„Na, endlich aufgewacht, du Schlafmütze?", hörte ich eine fröhliche Stimme. Friederikes Stimme! Sie saß im Zimmer auf einem Schemel und nähte den Riss in meinem Hemd, den der Säbel des Franzosen hinterlassen hatte.

„Was ist denn das für eine Begrüßung?", fragte ich und gähnte. „Du musst sagen: Guten Morgen, mein Herr! Haben Sie gut geschlafen? Dann sage ich: Guten Morgen, mein Fräulein, ich habe gut geschlafen, Sie auch?"

„Dir scheint es ja schon wieder sehr gut zu gehen", erwiderte Friederike lächelnd. Ich schaute zu Alberts Bett hinüber. Es war leer.

„Wo ist dein Bruder?", fragte ich.

„Pfarrer Wagner und Albert frühstücken", antwortete Friederike. „Danach wollen sie versuchen, im Dorf etwas Essbares zu besorgen. Albert hat vom Pfarrer erfahren, dass es in Gruna einen reitenden Boten gibt, der Post austrägt. Dem will er einen Brief geben, den er unseren Eltern nach Delitzsch bringen soll. Albert hat auch deinen Eltern Grüße bestellen lassen und sie informiert, dass du bei uns bist."

Als ich das hörte, plagte mich mein schlechtes Gewissen. Ich hatte meinen Eltern lange nicht geschrieben.

„Ich kann meinen Eltern auch selbst einen Brief schreiben",

sagte ich. „Wenn sie es nicht von anderen erfahren haben, wissen sie nicht, dass ich desertiert bin. Ich kann mir gut vorstellen, wie mein Vater reagiert, wenn er erfährt, dass ich die Armee verlassen habe. Wenn er wüsste, dass mich ein Offizier seines geliebten Kaisers Napoleon schwer verletzt hat ..."

Friederike unterbrach mich: „Schreib doch deinen Eltern selbst, was geschehen ist. Irgendwann werden sie es ja doch erfahren."

„Du hast recht", sagte ich. „Ich schreibe meinen Eltern einen Brief. Pfarrer Wagner hat sicher Schreibsachen in seinem Arbeitszimmer. Frag ihn doch bitte, ob ich einige Blätter Papier, Federhalter und Tinte von ihm bekommen kann. Der reitende Bote kann dann auch meinen Brief mitnehmen. Ich will ihn gern dafür bezahlen."

„Ich hole dir die Sachen", sagte Friederike und verließ den Raum.

Nach wenigen Minuten kam sie mit den Schreibsachen wieder zurück.

„Schreib den Brief an deine Eltern", sagte Friederike. „Ich habe mit Pfarrer Wagner und Albert gesprochen. Sie nehmen deinen Brief mit und geben ihn dem Boten."

Ich bedankte mich bei Friederike, und nachdem sie wieder nach unten gegangen war, schrieb ich meinen Eltern einen kurzen Bericht, warum ich desertiert war und dass ich sie wegen einer Verletzung im Moment nicht besuchen könne. Zum Schluss äußerte ich noch den Wunsch, sie bald wiederzusehen.

Als Friederike wiederkam, gab ich ihr meinen Brief und auch etwas Geld für den Boten. Sie lächelte mit zu und verließ den Raum. Gern hätte ich sie begleitet. Wenig später kam sie gemeinsam mit Auguste zurück.

„Guten Morgen, Christian", begrüßte mich Auguste. „Schön, dass du so lange geschlafen hast. Etwas Besseres gibt es nicht, um wieder zu Kräften zu kommen. Nun lass mich deine Wunde sehen und dir einen neuen Verband anlegen."

Frisches Verbandszeug lag schon auf dem Tisch bereit. Auguste entfernte meine alten Verbände und berichtete: „Deine Wunden sehen heute schon viel besser aus als gestern."

„Danke, Auguste", sagte ich. „Ich fühle mich heute auch viel besser."

„Das freut mich", sagte Auguste. „Friederike, wenn ich hier fertig bin, kannst du Christian das Frühstück bringen. Etwas warme Milch mit eingebrocktem Brot wird ihm guttun. Auch eine frische Hühnerbrühe wäre gut."

Ich fühlte mich erholt, doch als ich das Bett verlassen wollte, drückte Auguste mich sanft auf das Kissen zurück.

„Nicht gleich so hastig", meinte sie. „Deine Wunden heilen viel besser, wenn du noch zwei, drei Tage im Bett bleibst und dann den Arm schonst. Auf keinen Fall darfst du schnelle Bewegungen machen oder etwas heben oder tragen."

Seufzend ließ ich mich wieder auf das Bett fallen. Zwei oder drei Tage sollte ich noch untätig hier in diesem Zimmer hocken und den anderen zur Last fallen? Das war mehr, als ich ertragen konnte. Auguste und Friederike gingen wieder zurück in die Küche, um das Frühstück vorzubereiten. Als Friederike dann mit zwei Schalen warmer Milch und eingebrocktem Brot zurückkam, frühstückten wir gemeinsam. Nach unserem Frühstück blieb Friederike an meinem Krankenbett. Sie setzte sich auf den Schemel und nahm die Flickarbeit an meinem Hemd wieder auf.

„Das kann doch nicht Augustes Ernst sein", sagte ich. „Ich soll noch drei Tage hier untätig herumsitzen. Dabei könnte ich mich sicher im Haus nützlich machen und ...."

Friederike unterbrach mich: „Ich kann mir gut vorstellen, dass dir das nicht gefällt. Auguste meint aber, die Ruhe tue dir gut. Und ich gebe ihr recht. Wenn du dich gleich überanstrengst, besteht die Gefahr, dass die Wunde sich nicht schließt und das Fieber zurückkommt. Es ist fraglich, ob du dann noch auf Wadenwickel und Weidenrindensud so gut reagierst."

Wir schwiegen eine Weile. Dann machte Friederike einen Vorschlag: „Du konntest in der Schule doch so gut schreiben und erzählen. Du hast Papier, einen Federhalter und Tinte. Schreib doch mal alles auf, was du in Söllichau und an den Tagen danach erlebt hast."

Ich schaute Friederike entgeistert an. Dann nickte ich zustimmend.

„Genau, ich werde alles aufschreiben. Vor allem die Grausamkeiten, die uns und vielen Menschen in den Dörfern widerfahren sind. Jeder soll nachlesen können, wie schrecklich es ist, wenn das letzte Hab und Gut von den Soldaten geplündert wird, wenn Menschen hungern müssen und aus ihren Häusern vertrieben werden."

Der Gedanke gefiel mir immer mehr, je länger ich darüber nachdachte.

„Und ich werde auch davon schreiben, wie ich durch diesen brutalen französischen Major an der Fähre fast zu Tode gekommen wäre."

„Richtig", sagte Friederike begeistert. „Schreib das alles auf, auch deine Empfindungen. Vor allem die Todesangst, die du in dem Moment sicher hattest. Es hilft dir bestimmt, mit diesem schrecklichen Erlebnis besser fertigzuwerden."

„Was ich dabei empfunden habe?", fragte ich, und in diesem Moment hatte ich die Erinnerung an den Kampf mit dem Major wieder vor Augen. „Dieser feine Major kann sich glücklich schätzen, wenn er mir nie wieder begegnet. An der Fähre hatte ich gegen ihn keine Chance. Und in Söllichau, als er den Bauer so grausam zugerichtet hat, konnte ich auch nichts unternehmen. Aber das Eine kann ich dir versprechen: Wenn dieser Krieg zu Ende ist, werde ich mich rächen. Ich suche ihn so lange, bis ich ihn gefunden habe. Auch wenn er nach Frankreich zurückkehrt, wird er niemals und nirgendwo sicher sein. Ich kenne seinen Namen und weiß, in welchem Regiment er gedient hat. Und dann Gnade ihm Gott."

Friederike starrte mich fassungslos an. Sie war bei meinen Worten ganz blass geworden.

„Aber Christian", stammelte sie, „so habe ich das nicht gemeint. Was hast du vor? Das kannst du nicht tun! Ich dachte, dass es deinen Groll abmildert, wenn du diese schlimmen Erlebnisse aufschreibst."

Bei diesen Worten hatte sie sich an mich geschmiegt und ihren Kopf an meine Brust gelegt. Ihr Atem ging schnell und sie zitterte am ganzen Körper. Ich legte einen Arm um ihre Schulter und streichelte dann sanft über ihren Rücken. Nachdem sie sich beruhigt hatte, sprachen wir nicht mehr darüber.

Christian Burgers Tagebuchaufzeichnungen vom 14. – 17. Oktober 1813 Donnerstag - Sonntag

Fieberfrei und voller Tatendrang

Am 14. und 15. Oktober hütete ich das Bett, kurierte meine Verletzungen aus und genoss die Fürsorge von Friederike und Auguste. Dank der guten Pflege der beiden Frauen entzündeten sich meine Stichwunden nicht. Der klopfende Schmerz war verschwunden, die tiefe Wunde hatte sich geschlossen und verheilte gut. Auch mein Appetit war zurückgekehrt.

An diesen Tagen hörten wir das entfernte Donnern von Kanonen. Der Gefechtslärm musste aus Leipzig kommen. Wir fragten uns, ob es dort zur Schlacht der verfeindeten Armeen gekommen war.

Am 16. Oktober fühlte ich mich schon wieder so stark, dass ich am Morgen das Bett verlassen konnte. Albert schlief noch. Ich weckte ihn nicht, ging ans Fenster und öffnete es. Ich empfand es als angenehm, wieder frische Luft zu atmen, obwohl es draußen neblig und trüb war. Doch die aufgehende Sonne kämpfte schon mit den Nebelschwaden. Ich hoffte, sie würde sich durchsetzen und schloss das Fenster wieder. Albert schlief immer noch. Ich wusch mich über der Waschschüssel mit dem Wasser aus dem daneben stehenden Krug und zog mich an. Dann ging ich in die Küche hinunter. Auguste und Friederike waren schon auf und bereiteten das Frühstück für die Bewohner des Pfarrhauses. Sie schauten überrascht auf, als ich eintrat und den beiden einen „Guten Morgen“ wünschte. Friederike kam sofort auf mich zu und umarmte mich.

„Ich bin so froh, dass es dir wieder besser geht und du das schlimme Fieber überstanden hast“, sagte sie. Auch Auguste lächelte mir zu und meinte: „Gott sei Dank ist alles noch einmal gutgegangen. Wir waren in großer Sorge um dich. Wenn du gefrühstückt hast, kannst du dich vielleicht hier bei der Zubereitung der Mahlzeiten nützlich machen." „Gerne", entgegnete ich, „doch vorher habe ich Hunger wie ein Wolf."

Friederike drehte sich um, ging zum Herd und schöpfte aus einem Topf Roggenmehlsuppe auf einen Teller. Als ich den dampfenden Teller vor mir stehen hatte, konnte ich gar nicht schnell genug essen. Natürlich verbrannte ich mir die Zunge, aber das machte mir nichts aus. Es schmeckte einfach köstlich. Nach meiner Krankheit hatte ich das Gefühl, noch nie in meinem Leben etwas so Herrliches gegessen zu haben.

Nachdem ich mich gestärkt hatte, reckte ich mich behaglich und fragte Auguste: „Was kann ich tun?"

Sie antwortete: „Du solltest deinen linken Arm noch schonen. Geh in den Stall und füttere die paar Hühner, die die Franzosen uns gelassen haben. Dann suchst du nach Eiern. Vielleicht haben wir Glück und sie haben eifrig gelegt. Wenn du damit fertig bist, komm wieder in die Küche. Du kannst mir bei der Vorbereitung des Mittagessens helfen."

Friederike begleitete mich.

„Ich muss dir doch zeigen, wo das Hühnerfutter ist", sagte sie und knuffte mich in die Seite. Vor dem Hühnerstall zeigte sie mir den Eimer mit dem Hühnerfutter, gab mir einen Kuss und lief wieder ins Pfarrhaus. Die Hühner, es waren nur noch vier oder fünf, stoben erschreckt auf, als ich die Tür öffnete. Bei dem Durcheinander von schlagenden Flügen und gackernden, herumlaufenden Tieren konnte ich die genaue Anzahl nicht erkennen. Ich schüttete Hühnerfutter auf den Stallboden. Die Hühner beruhigten sich beim Anblick des Futters. Erst da sah ich, dass die Franzosen tatsächlich nur fünf Hühner übriggelassen hatten.

Vorsichtig ging ich weiter in den Stall hinein und schaute mich nach den Eiern um. Leider fand ich nur zwei Eier hinter einem Strohballen. Auguste wird sicher enttäuscht sein, dass es nicht mehr sind, dachte ich. Aber wie ich Auguste einschätzte, würde sie auch aus nur zwei Eiern für uns alle etwas Schmackhaftes zaubern.

Als ich in die Küche zurückkam und Auguste die beiden Eier präsentierte, lachte sie. „Na, das wird keine üppige Mahlzeit", meinte sie. Dann zeigte sie mir den Korb mit den Kartoffeln.

„Die kannst du schälen. Pass aber auf, dass die Schalen nicht zu dick sind. Wenn du mit dem Schälen fertig bist, pack die Schalen in diesen Eimer und bring sie zum Bauern nach nebenan." Ich schaute Auguste verwundert an.

Sie erklärte mir: „Der Nachbar hat es tatsächlich geschafft, eines seiner Schweine und eine Ziege vor den Franzosen zu verstecken. Er benötigt die Schalen als Schweinefutter."

Ich machte mich an die Arbeit. Sie ging mir recht langsam von der Hand. Kartoffelschälen war bisher nicht eine meiner ständigen Aufgaben gewesen und so war ich natürlich ungeübt. Auguste schaute einige Male zu mir herüber und schmunzelte, sagte aber nichts. Nachdem ich die Kartoffeln geschält hatte, briet Auguste sie mit Speck in der Pfanne und schlug die beiden Eier darüber.

Ich verließ das Pfarrhaus und lieferte die Kartoffelschalen beim Nachbarn ab. Dafür erhielt ich von ihm eine Kanne Ziegenmilch. Auf dem Weg zum Pfarrhaus hörte ich wieder von Leipzig her das Donnern von Geschützen. Ich vermutete, dass dort eine größere Feldschlacht im Gange war. Als ich ins Haus zurückkam, präsentierte ich stolz den Preis für die Kartoffelschalen: die Kanne Ziegenmilch. Das Essen war fertig. Zu den

Bratkartoffeln mit Speck und Ei tranken wir die frische Milch. Mehr gab unsere Vorratskammer nicht mehr her. Wir hofften, dass Albert und der Pfarrer bei den Bauern des Dorfes und in der Umgebung noch einige Nahrungsmittel kaufen konnten. Am Abend wollten sie wieder zurück sein.

Nach dem Mittagessen konnte ich Friederike beim Wäschewaschen helfen. Auswringen ging mit meinem verletzten Arm noch nicht so gut. Aber ich konnte die Laken auf der Wiese zum Bleichen ausbreiten.

So verging der Tag, und als er sich gegen Ende neigte, war ich zum Umfallen müde. Auch wenn ich nicht schwer gearbeitet hatte, war ich von dem hohen Fieber noch geschwächt.

Am frühen Abend kamen auch der Pfarrer und Albert zurück. Sie waren den ganzen Tag über unterwegs gewesen. In den umliegenden Dörfern hatten sie bei den Bauern nach Nahrungsmitteln gefragt und für geringes Geld auch bekommen: Mehl, Rüben, Gerstengraupen, fetten Speck und Milch. Auch Kartoffeln brachten Albert und der Pfarrer mit. Sie hatten auf den Feldern gestoppelt. Die beiden waren müde, aber auch sehr hungrig. Auguste bereitete aus den erstandenen Nahrungsmitteln ein schmackhaftes Abendessen: Kartoffelsuppe mit Gerstengraupen, Rüben und Speck.

Nach dem gemeinsamen Abendessen entschuldigte sich der Pfarrer: „Ich muss für den morgigen Gottesdienst noch die Predigt vorbereiten." Und zu Friederike gewandt: „Ich möchte dich bitten, danach für uns heute Abend ein kleines Konzert zu geben. Du spielst so schön auf der Geige, dass man alle Mühen und Anstrengungen des Tages vergessen kann. Vielleicht möchte dich Auguste auf dem Klavier begleiten. Sie ist eine gute Pianistin."

Friederike wurde vor Stolz etwas rot im Gesicht.

„Gern", sagte sie. „Ruf mich, wenn du soweit bist!"

Nachdem der Pfarrer seine Predigt vorbereitet hatte, musizierten Friederike und Auguste. Die Frau des Pfarrers war wirklich eine gute Pianistin. Sie spielte auf dem Klavier, das in der Wohnstube der Pfarrei stand. Friederike begleitete sie auf ihrer Geige. Die wunderschöne Musik der beiden ließ uns wirklich den Alltag vergessen, der uns so viel Not und Elend beschert hatte. Ich wusste nicht, wer das, was Friederike und Auguste spielten, komponiert hatte. Er musste ein Genie gewesen sein. Ich erfuhr später von Friederike, dass es Mozart war. Das Musikstück war eine Sonate für Klavier und Geige. Es war wunderschön und ich hatte die Melodie noch im Kopf, als ich etwas später im Bett lag und langsam einschlief.

Am nächsten Morgen, es war der 17. Oktober, gingen wir alle miteinander in die Kirche. Wir verließen das Pfarrhaus etwas zeitiger, weil der Pfarrer sich noch gedanklich auf die Predigt vorbereiten wollte.

Albert, der auch Orgel spielen konnte, bekam vom Pfarrer die Liednummern aus dem Gesangbuch genannt. Es waren alle Einwohner des Dorfes zum Gottesdienst erschienen. Die Orgel klang etwas schief und schrill, doch jeder sang aus voller Brust mit. Die Predigt war recht kurz. Der Pfarrer kannte wohl auch den Ausspruch, dass, wenn eine Predigt länger als dreißig Minuten dauert, keine Seele mehr gerettet wird. Und dann trat zur Überraschung aller Friederike vor den Altar. In den Händen hielt sie ihre Geige und den Bogen. Sie begann zu spielen und es wurde mucksmäuschenstill in der Kirche. Als sie ihr Musikstück beendet hatte, hörte ich eine Frau sagen: „Das ist ein Geschenk Gottes! Das wunderschöne Geigenspiel des Mädchens hilft uns, diese schweren Zeiten durchzustehen.“

Christian Burgers Tagebuchaufzeichnungen vom 18. Oktober 1813 Montag

Die Kirche wird zum Lazarett

Auch am Vormittag des 18. Oktober durchdröhnte wieder furchtbarer Schlachtendonner von Leipzig her das Dorf Gruna. Gegen Mittag verstummte er dann.

Es war bitterkalt. Raureif bedeckte noch die Uferwiesen, als im Dorf die ersten Soldaten auftauchten, die die Leipziger Schlachtfelder verlassen hatten. Ich sah sie über die Dorfstraße wanken. Die meisten waren vom Hunger so geschwächt, dass sie sich kaum auf den Beinen halten konnten. Manche hatten Erfrierungen im Gesicht und schwere Verwundungen. Keiner war mehr bewaffnet, keiner mehr beritten, keiner mehr uniformiert. Ihre Kleidung war zerlumpt und schmutzig. Manche trugen anstatt eines Militärmantels Schafpelze und Pferdedecken, anstatt eines Helms Nachtmützen und Tücher, um sich vor der Kälte zu schützen. Kaum einer hatte Schuhe oder Stiefel an den Füßen. Einige liefen auf Filzsocken, andere mit Pelzschuhen. Wieder andere hatten ihre Füße in Decken, Lappen oder zusammengebundenes Stroh gehüllt. Einige torkelten wie Betrunkene, auf Stöcke gestützt, lahm und hinkend. Hunger und Kälte hatten sie zu Schreckensgestalten geformt. Sie schlugen an die Türen der Häuser und flehten um Hilfe. Auch an die Tür des Pfarrhauses. Auguste kochte Graupensuppe und gab ihnen davon zu essen. Manche hatten noch Geld und wollten unbedingt dafür bezahlen.

Unter den Soldaten waren auch Verwundete und Kranke. Sie brauchten dringend ärztliche Versorgung. Pfarrer Wagner handelte sofort. Gemeinsam mit Auguste und uns, seinen Gästen, richtete er in der Dorfkirche ein Lazarett ein. Die Bauern schafften Stroh herbei und breiteten es auf dem Boden der Kirche aus.

Bis zum Abend war das Kirchenschiff mit Verwundeten belegt. Die Grunaer Frauen hatten Suppe gekocht. Vielen Verwundeten musste beim Essen und Trinken geholfen werden. Entweder waren sie zu schwach oder sie konnten durch ihre Verletzungen nicht allein essen und trinken. Die Dorfbewohner brachten Verbandszeug und Decken. Die Temperatur war weiter gefallen und alle befürchteten, dass es in der Nacht klirrend kalt werden würde.

Am Abend hielt Pfarrer Wagner in der Kirche einen Dankesgottesdienst ab. Er war nur kurz, doch ich hatte den Eindruck, dass die meisten Soldaten dadurch ruhiger wurden. Als der Gottesdienst zu Ende war, trat Friederike erneut mit ihrer Geige vor den Altar und begann ein Stück aus dem Violinkonzert von Bach zu spielen. Jetzt war in der Kirche außer Friederikes Geigenspiel kein Laut mehr zu hören. Lediglich einzelne Schluchzer durchbrachen die Stille. Auch die anwesenden Bauern und deren Frauen wischten sich verstohlen die Tränen von den Wangen.

Als Abendessen hatte Auguste Eier und Speck gebraten. Kartoffeln waren keine mehr im Haus. Ich wusste nicht, wo ich noch welche hätte stoppeln können. In den Grunaer Feldern hatte ich keine mehr finden können. Nach dem Essen bat uns der Pfarrer, noch sitzen zu bleiben. Er wollte mit uns ein Problem besprechen.

„Ihr seht, die Zahl der Verwundeten ist groß. Stündlich kommen mehr. Wir können gar nicht alle aufnehmen. Einige haben außerdem schwere Wunden, die von einem Arzt behandelt werden müssen. Hier in Gruna haben wir aber keinen."

„In Laußig wohnt Doktor Reichels", sagte Albert. „Vielleicht ..."

„Gut. Albert, ich möchte, dass du nach Laußig gehst", unterbrach ihn der Pfarrer. „Bitte den Arzt, dass er auch zu uns nach Gruna kommt. Es wäre uns schon sehr geholfen, wenn er sich jeden zweiten Tag um unsere Verwundeten kümmern könnte."

„Das ist eine gute Idee", sagte Albert. „Ich mache mich morgen früh auf den Weg nach Laußig. Ich hoffe nur, dass Doktor Reichels im Dorf ist. Als es zu den großen Plünderungen kam, haben viele Laußig verlassen."

„Nun, das wirst du dann sehen", entgegnete der Pfarrer. „Vielleicht haben wir Glück und der Arzt ist dageblieben oder wieder zurückgekommen, um seiner Verantwortung und Christenpflicht nachzukommen. Wenn du aus Laußig zurück bist, berichte mir bitte gleich, was der Doktor gesagt hat. Anschließend kannst du Auguste und Friederike bei den Verwundeten unterstützen. Die beiden können dann sicher eine Pause gebrauchen." Albert nickte.

„Auguste wird sich um die Mahlzeiten und um die Verwundeten in der Kirche kümmern", fuhr Pfarrer Wagner fort und wies jedem seine Aufgaben für den kommenden Tag zu. „Wir können diese armen Menschen nicht mit neuer Kleidung versorgen. Das bedeutet, ihre blut- und schmutzverkrustete Kleidung muss in der Mulde ausgewaschen werden. Wenn sie getrocknet ist, können die Soldaten sie wieder anziehen. Friederike, deine Hauptaufgabe wird es sein, Wäsche zu waschen. Es ist ganz wichtig, dass Verbände und Laken gekocht werden. Auch müssen Laken in Streifen geschnitten werden, damit wir sie für Verbände verwenden können. Ich werde im Dorf mit den Leuten sprechen. Sie sollen dir Laken bringen. Vielleicht helfen sie dir beim Zerschneiden. In der übrigen Zeit hilfst du bitte Auguste, den Verwundeten Essen und Trinken zu reichen."

Er sah mich an: „Christian, wir benötigen dringend Nahrungsmittel. Geh morgen früh bitte ins Dorf und versuche bei den Bauern noch etwas Mehl, Speck, Rüben und was sonst noch da ist zu kaufen. Wir sind für alles, was wir bekommen können, dankbar."

„Das wird schwierig“, entgegnete ich. „Aber ich versuche es.“

„Ich weiß, dass die Bauern auch kaum noch etwas haben. Wenn du nichts bekommst, müssen wir einige unserer Hühner schlachten.“

„Ich glaube, der Rittergutspächter hat noch einige Vorräte“, sagte ich. „Bei ihm werde ich morgen zuerst anfragen.“

„Sind deine Wunden einigermaßen verheilt?“, fragte Pfarrer Wagner.

„Ich glaube ja.“

„Dann kannst du Friederike unterstützen und die körperlich schweren Arbeiten übernehmen. Das bedeutet für dich: Holz hacken, ständig das Feuer unter dem großen Waschkessel schüren und frisches Wasser für die Wäsche herbeiholen. Friederike kann die nassen Laken nicht allein auswringen und zum Trocknen aufhängen, dazu sind sie zu schwer. Hilf ihr bitte dabei!“

„Das will ich gern tun.“

Nach einer kurzen Pause sprach der Pfarrer weiter: „Ich habe vor, in der Kirche einen Ofen aufzustellen. Die Nächte sind inzwischen empfindlich kalt geworden und wir haben nicht genügend Decken für die Verwundeten.“

Und an mich gewandt: „Christian, auch für den Ofen in der Kirche musst du für ausreichend Feuerholz sorgen. Du siehst, du hast ab sofort alle Hände voll zu tun. Deine Schonzeit hat ein Ende. Ich hoffe, dass diese ganze Arbeit nicht zu viel für dich wird.“

„Ich werde das schon schaffen“, sagte ich mit möglichst viel Zuversicht in der Stimme und dachte bei mir: Bei Gott, wie soll ich das alles bewältigen? Doch ich war froh, Gelegenheit zu haben, Pfarrer Wagner und seiner Frau meine Dankbarkeit zeigen zu können. Mir war klar, dass ich ohne Augustes aufopfernde Pflege meine Verletzung nicht überstanden hätte.

Christian Burgers Tagebuchaufzeichnungen vom 19. Oktober 1813 Dienstag

Schmutzige Wäsche und eine Pistole

Am Morgen des 19. Oktober waren wir alle bereits vor Tagesanbruch aufgestanden. Nach einem gemeinsamen Frühstück – es gab wieder nur Roggenmehlsuppe – und dem Gebet des Pfarrers, in welchem er um Gottes Segen für unsere schweren Aufgaben bat, gingen wir an unsere Arbeit.

Als es hell wurde, machte sich Albert auf den Weg nach Laußig. Auguste nahm ihm noch das Versprechen ab, spätestens bei Einbruch der Dunkelheit wieder zurück zu sein. Pfarrer Wagner und seine Frau verließen das Haus und gingen zur Kirche, um sich um die Verwundeten zu kümmern. Ich versuchte mir noch einmal in Erinnerung zu rufen, welche Aufgaben mir der Pfarrer aufgetragen hatte. Auguste hatte Friederike und mir erklärt, dass die blutigen und eitrigen Verbände erst im Wasser der Mulde gespült werden müssten. Nur in kaltem Wasser würde sich das Blut aus dem Stoff lösen. Erst danach könnten die Verbände in Seifenwasser gekocht werden. Dadurch würden alle Blut- und Eiterreste beseitigt. Friederike hatte mich bei dieser Erklärung etwas hilflos angesehen und war sehr blass geworden.

Auch mir wurde etwas mulmig. Am besten wäre es, dachte ich, wenn ich zuerst aus dem Brunnen Wasser für den Waschkessel und für die großen Waschwannen holen würde. Dann müsste ich das Feuer unter dem Waschkessel anschüren, damit Friederike mit Waschen beginnen konnte. Aber, überlegte ich weiter, ich musste erst wissen, wie viel Brennholz noch im Schuppen lag. Reichte es zum Anfeuern des Kessels oder musste ich zuerst Holz hacken?

Ich merkte, dass ich tatsächlich etwas verwirrt war. Die Aufgaben, die in kurzer Zeit zu bewältigen waren, machten mich nervös. Ich ging zum Schuppen hinter dem Pfarrhaus und sah, dass dort eine große Menge Holz lagerte. Es musste aber erst noch gespalten werden. Im Schuppen fand ich auch eine Axt und einen Hauklotz. Mit der Axt spaltete ich größere Holzstücke zu Brennholz. Das Holzhacken ging nicht so flott, wie ich es mir vorgestellt hatte. Meine frisch verheilte Wunde schmerzte nach einigen Minuten und ich musste immer wieder Pausen einlegen. Als ich glaubte, die vorhandene Menge an Brennholz reiche fürs Erste zum Anfeuern des Waschkessels aus, schichtete ich es unter dem Kessel auf. Dann holte ich den zweirädrigen Handkarren und lud eine Waschwanne auf. Ich schob sie zum Brunnen und schöpfte mit einem Eimer Wasser hinein. Anschließend kehrte ich zum Pfarrhaus zurück und füllte das Wasser aus der Wanne in den Waschkessel. So musste ich nicht so oft hin- und herlaufen.

Ich zündete das Feuer unter dem Kessel an und legte noch weiteres Brennholz daneben. Friederike konnte so selbst nach dem Feuer schauen und es in Gang halten. Nun musste ich mich um den Ofen in der Kirche kümmern. Also machte ich mich daran, auch das Feuerholz für den Ofen in der Kirche zu spalten. Nach einiger Zeit und mit stärker werdenden Schmerzen in meinem lädierten Arm packte ich das Feuerholz auf den Handkarren und fuhr es zur Kirche. Dort feuerte ich den Ofen an und stapelte das übrige Brennholz daneben.

Als ich fertig war, sah ich mich im Kirchenschiff um. Die meisten Verwundeten waren nur noch notdürftig bekleidet, fast nackt. Auguste hatte bereits bei etlichen Soldaten die Verbände gewechselt und ihnen die stark verschmutzte Kleidung ausgezogen. Bis das Waschwasser im Kessel heiß genug war, half Friederike Auguste bei der Versorgung der Verwundeten. Sie hatte den

Soldaten Essen und Trinken gereicht. Das Essen bestand aus einer warmen, dünnen Suppe und zu trinken gab es Wasser aus dem Brunnen. Der Geruch in der Kirche war für mich nahezu unerträglich. Es herrschte ein Gestank nach Blut, Eiter und Exkrementen. Einige der Schwerverwundeten waren nicht in der Lage, ihren Urin und ihren Stuhl draußen an der vorbereiteten Grube abzulassen. Sie hatten ihre Notdurft auf die Strohunterlage unter sich verrichtet. Friederike sah sehr blass aus und ging immer wieder vor die Tür, um frische Luft zu schnappen. Auch ich musste mich sehr zusammenreißen, um den Brechreiz zu unterdrücken. Ich bewunderte Auguste, die mit völlig ruhigen und gleichmäßigen Bewegungen die Verbände der Verwundeten wechselte. Dabei verzog sie nicht ein Mal das Gesicht, sondern hatte für jeden Soldaten noch aufmunternde Worte.

Pfarrer Wagner nahm mich zur Seite.

„Christian", sagte er, „du hast sicher gesehen, dass die Streu auf dem Boden von den Ausscheidungen der Verwundeten völlig verschmutzt ist. Geh bitte noch heute zu den Bauern und frag nach frischem Stroh."

Ich nickte und war froh, die Kirche so schnell wie möglich verlassen zu können. Auguste rief mir hinterher: „Die schmutzige Kleidung der Verwundeten und die Verbände liegen hinter der Kirche auf zwei Haufen verteilt. Wringe die Kleidung nach dem Ausspülen gut aus und bring sie gleich wieder her. Wir können sie dann in der Nähe des Ofens aufhängen. Vielleicht sind bis zum Abend einige Kleidungsstücke schon wieder trocken."

Ich nickte wieder und verließ endlich die Kirche.

Das Aufladen der stark verschmutzten Kleidung und der gebrauchten Verbände verlangte mir einiges ab. Immer wieder musste ich würgen und mich sogar einmal übergeben. Dann hatte ich es geschafft und konnte den Handkarren zur Mulde hinunterschieben. In der Nähe der Fähranlegestelle fand ich einen Platz, der sich zum Waschen der Kleidung eignete. Der Fährmann legte mit seinem Boot gerade am anderen Mulde-Ufer an und ließ drei Passagiere aussteigen. Mein Blick glitt immer wieder hinüber zur zerstörten Fähre. Seit ich zuletzt hier gewesen war, hatte sich keiner darum gekümmert, sie zu reparieren. Anscheinend war der Fährmann allein dazu nicht in der Lage. Jetzt kehrte er mit seinem Boot zurück. An der Anlegestelle stand niemand, der auf ihn wartete, um sich übersetzen zu lassen.

Während ich die Wäsche ablud, hatte ich wieder den Kampf vor Augen, bei dem ich von dem französischen Offizier verwundet worden war. Wut kochte in mir hoch. Der Gedanke, mich an Major Kaas zu rächen, war wieder gegenwärtig.

Der Fährmann machte sein Boot an der Anlegestelle fest und kam neugierig auf mich zu.

„Guten Morgen, Kapitän!“, begrüßte ich ihn.

„Guten Morgen, Lumpensammler!“, erwiderte er. „Was lädst du denn da für ein ekliges Zeug ab?“

„Kleidung und Verbände der Verwundeten aus der Kirche“, antwortete ich.

„Und die Sachen musst du jetzt in der Mulde waschen?“

Ich nickte.

„Ich könnte speien, wenn ich das Zeug nur sehe“, sagte er mit einem angewiderten Gesichtsausdruck.

„Du musst die Sachen ja nicht waschen“, tröstete ich ihn.

„Stammt das Zeug auch von französischen Soldaten?“, wollte er wissen.

„Ja“, antwortete ich. „Einigen von ihnen geht es gar nicht gut.“

„Von mir aus können diese Franzosen alle verrecken“, schimpfte der Fährmann. „Ich frage mich, warum so viele von denen wieder hier sind. Wie ich heute Morgen von Fahrgästen erfuhr, sind die Franzosen doch in Leipzig vernichtend geschlagen worden. Ich dachte, diejenigen, die überlebt haben, wären alle auf schnellstem Wege über Weißenfels nach Frankreich geflohen. Aber vielleicht fürchteten sie Verfolger und der Fluchtweg über Eilenburg war ihnen sicherer."

Das waren interessante Neuigkeiten, die der Fährmann da erzählte. Napoleons Armee war also in Leipzig vernichtend geschlagen worden. Ich hatte mich auch schon gefragt, warum französische Flüchtlinge von Leipzig nach Gruna gekommen waren.

„Ich mag ja die Franzosen genauso wenig wie du", sagte ich, „aber wir können doch diese Menschen, wenn sie verwundet sind und Hilfe brauchen, nicht einfach verrecken lassen."

„Dann päppelt sie doch wieder auf", sagte er und wollte zurück zur Fähranlegestelle gehen.

„Warte noch!", rief ich ihm nach. „Wir sind uns doch schon mal begegnet. Kannst du dich noch an mich erinnern?"

Der Fährmann sah mich nachdenklich an. Dann schüttelte er den Kopf.

„Nein! Hier tauchen so viele auf, die ans andere Ufer wollen."

„Du hast ein schlechtes Gedächtnis", sagte ich. „Vor einigen Tagen war ich hier an der Fähre. Ich wurde von einem französischen Soldaten fast ins Wasser gedrängt. Daraufhin habe ich ihn niedergeschlagen. Sein Vorgesetzter, ein französischer Major, hat mich dann mit seinem Säbel versucht abzustechen. Wenn ein Colonel nicht eingegriffen hätte, wäre es ihm sicher auch geglückt. Mit diesem Verbrecher habe ich noch eine Rechnung offen."

„Ja, jetzt erinnere ich mich!", sagte der Fährmann. „Mit diesem Major habe ich auch noch eine Rechnung offen. Viel zu viele seiner Leute drängten auf mein Boot. Es sank und diese Dummköpfe fielen ins Wasser. Der Major stand noch auf der Anlegestelle. Er befahl einigen seiner Leute, in die Mulde zu springen, um ihre Kameraden zu retten. Nachdem ihnen das gelungen war, ließ er sich mit dem Colonel und dem Rest seiner Soldaten von mir übersetzen. Das Boot musste ich ganz allein aus dem Fluss ziehen, und die Bezahlung ist er mir auch schuldig geblieben. Als ich mein Geld forderte, hat er mich geschlagen. Um ein Haar wäre ich in die Mulde gestürzt." Nach diesen Worten spuckte er auf den Boden und sagte: „Das war mir eine Lehre. Seit diesem Erlebnis wollte ich solchen Verbrechern nicht mehr schutzlos ausgeliefert sein. Ich habe mir Waffen gekauft – einen Karabiner und zwei Pistolen. Bei jeder Überfahrt bin ich bewaffnet."

„Eine kluge Entscheidung", stimmte ich ihm zu. „Dann haben wir ja ein gemeinsames Ziel."

„Ein gemeinsames Ziel?"

„Ja. Du hast mit ihm noch eine Rechnung offen – ich auch."

„Ich verstehe! Aber um ihn zur Rechenschaft zu ziehen, müssen wir ihn erst einmal haben. Der ist sicher noch in Leipzig oder schon auf dem Weg zurück nach Frankreich."

„Ich werde ihn suchen und finden, auch wenn ich ihn bis nach Frankreich verfolgen muss. Deshalb brauche ich eine Waffe. Kannst du mir eine deiner Pistolen verkaufen?"

„Tja, wenn du bezahlen kannst, könnte ich dir eine Pistole verkaufen. Munition und Ladestock habe ich auch dafür. Kannst du denn überhaupt damit umgehen?"

„Ich habe sowohl mit dem Karabiner als auch mit der Pistole schießen gelernt. Sag mir lieber, was die Pistole samt Munition und Ladestock kosten soll."

Der Fährmann wiegte den Kopf und überlegte.

„Weil du es bist und weil wir ein gemeinsames Ziel haben, überlasse ich dir alles zusammen für 5 Taler."

„In Ordnung", sagte ich.

Ich holte die geforderten 5 Taler aus meinem Brustbeutel. Der Fährmann nahm das Geld. Er verschwand in seinem Fährhaus und kam mit der Pistole, Munition und dem Ladestock wieder zurück. Dann gaben wir uns zur Bekräftigung unseres Geschäfts die Hand und ich steckte die erstandenen Gegenstände in meine großen Manteltaschen. Als der Fährmann sah, dass ich meine Arbeit fortsetzte, verzog er noch einmal angewidert sein Gesicht und ging zur Fähranlegestelle zurück. Dort warteten mittlerweile einige Dorfbewohner, die ans andere Ufer wollten.

Nachdem ich die Kleidung und die Verbände der Verwundeten im Wasser der Mulde ausgespült und ausgewrungen hatte, lud ich alles wieder auf den Handkarren und zog ihn zurück zur Kirche. Dort hatten der Pfarrer und Auguste in der Nähe des Ofens Leinen gespannt. Darauf hängten wir mit vereinten Kräften die Kleidung zum Trocknen auf. Als ich zum Pfarrhaus kam, brannte das Feuer unter dem Waschkessel stark. Das Wasser war siedend heiß. Friederike hatte ein Stück Seife von einem Seifenstrang abgeschnitten und legte es jetzt in den Waschkessel. Nachdem ich meine Jacke samt Inhalt schnell nach oben gebracht hatte, warfen wir die Verbände in die heiße Seifenlauge. Dann schwenkte und stieß Friederike sie mit einem Wäschestampfer hin und her. Nach einer Weile hoben wir die Verbände mit zwei langen Stöcken aus der heißen Lauge und warfen sie zum Ausspülen in eine der Wannen mit kaltem Wasser. Zunächst mussten die heißen Verbände noch mit Stöcken bewegt werden. Nach kurzer Zeit waren sie aber abgekühlt und wir konnten mit den

Händen ins Wasser greifen und die Verbände auswringen. Dann hängten wir sie zum Trocknen auf.

Friederike strich sich eine Haarsträhne aus dem Gesicht. Sie sah erschöpft aus. Ich nahm sie in den Arm und sagte zu ihr: „Setz dich und mach eine Pause! Die schmutzigen Laken kann ich gleich allein in die Lauge werfen. In der Zwischenzeit hole ich noch mit der anderen Wanne frisches Wasser zum Ausspülen der Laken."

Friederike sah mich dankbar an.

„Ich mache uns etwas Tee", sagte sie. „Wenn du mit dem frischen Wasser zurück bist, solltest du auch eine kleine Pause machen."

Ich drückte sie zärtlich an mich und ging zum Brunnen.

Nachdem ich das frische Wasser geholt und Friederike beim Auswringen und Aufhängen der Laken geholfen hatte, hackte ich noch einen weiteren Vorrat an Brennholz. Dann machte ich mich auf den Weg ins Dorf, um Nahrungsmittel zu kaufen. Das gelang mir auch. Der Rittergutspächter verkaufte mir etwas Mehl und Gerstengraupen. Bei einem anderen Bauern erstand ich drei Rüben. Vom Nachbarn bekam ich eine Kanne Ziegenmilch.

Obwohl meine Beute gering war, freute sich Friederike, als ich zurückkam. Sie überlegte, was sie heute Mittag daraus zubereiten könnte. Für die Verwundeten wollte sie Graupensuppe kochen. Ich ging indessen hinaus, um das Federvieh zu füttern. Die Tiere sollten bei Kräften bleiben. Die Hühner hatten auch heute nur wenige Eier gelegt. Ich sammelte sie ein und kehrte mit meinen Schätzen ins Pfarrhaus zurück.

Am späten Vormittag kam ein Bote und brachte Briefe unserer Eltern. Er bestätigte, dass die Preußen und ihre Verbündeten

Napoleons Truppen in Leipzig besiegt hatten. Tausende Soldaten seien im Kampf gefallen oder verwundet worden. Napoleon sei mit einem kleinen Teil seiner Armee Richtung Weißenfels geflohen. Der Bote hatte auch gehört, dass bei Sellerhausen dreitausend sächsische Soldaten zu den Preußen übergelaufen seien. Wir freuten uns über diese Neuigkeiten.

Ich konnte es kaum abwarten, bis wir den Boten verabschiedet hatten. Dann ging ich mit meinem Brief in die kleine Dachkammer. Dort war ich ungestört.

Briefe aus Delitzsch

Als ich den Brief öffnete, zitterten mir leicht die Hände. Etwas aufgeregt war ich schon. Bereits auf dem Umschlag hatte ich die Schrift meiner Mutter erkannt. Ich war stolz auf sie. Nicht jede Frau war zur Schule gegangen und konnte schreiben.

„Mein lieber Christian", las ich. *„Ich bin so froh, von dir zu hören. Ich hatte mir bereits die größten Sorgen gemacht. Du weißt, dass ich mit deinem Entschluss, dich zur sächsischen Armee zu melden, nicht einverstanden war. Aber dein Vater hatte dir die ganze Zeit in den Ohren gelegen, dass es deine Bürgerpflicht sei, für unseren König an der Seite Napoleons zu kämpfen, und ich konnte ihn nicht davon abhalten.*

So blieben meine Einwände und Mahnungen ungehört. Wenn ich mich daran erinnere, mit welcher Begeisterung du fortgegangen bist, wird es mir wieder ganz übel."

Ich war überrascht und musste den letzten Abschnitt des Briefes noch einmal lesen. Meine Mutter hatte recht. Es war mir überhaupt nicht aufgefallen, dass sie mich hatte zurückhalten wollen. Klar, ich war mit einer freudigen Erwartung zur Armee eingerückt. Und es stimmte, mein Vater hatte mich mit seinen euphorischen Worten und Erzählungen regelrecht zu dieser Entscheidung getrieben.

Ich las weiter: *„Darum ist es für dich sicher schmerzlich, jetzt zu lesen, dass dein Vater für deine Entscheidung zur Desertion absolut kein Verständnis hat. Nein, schlimmer noch! Er bezeichnet dich als Verräter! Ich habe versucht, mit ihm über deine Entscheidung zu diskutieren – doch vergeblich. Für ihn sind die Franzosen immer noch die Befreier, die Verbündeten unseres sächsischen Königs. Er kann sich nicht vorstellen, dass die Franzosen solche Gemeinheiten und Brutalitäten begehen können, wie du sie in deinem Brief geschildert hast.*

Und weil du die sächsische Armee verlassen hast, will er dich nicht mehr sehen. Seine Worte waren: Ich will keinen Verräter zum Sohn haben. Wenn er gefallen wäre, könnte ich wenigstens stolz auf ihn sein.“

Jetzt zitterten meine Hände wirklich stark. Der Brief entglitt meinen Fingern und flatterte zu Boden. Ich schlug die Hände vor das Gesicht. Mir kamen die Tränen. Gut, dass ich allein war und mich in diesem Moment niemand sah.

Ein paar Minuten musste ich so in Gedanken auf meinem Bett gesessen haben, als es an meine Tür klopfte und sie im gleichen Moment auch schon aufgestoßen wurde. Friederike stürmte herein. Sie hielt den Brief ihrer Eltern in der Hand und strahlte mich an.

„Christian“, rief sie, „das muss ich dir unbedingt vorlesen. Es ist zu schön!“ Erst da bemerkte sie meine niedergeschlagene Stimmung.

„Was ist passiert?“, fragte sie erschrocken. „Hast du schlechte Nachrichten? Es wird doch nichts Schlimmes geschehen sein?“

Ich schüttelte den Kopf, konnte aber nicht sofort antworten.

„Rede doch, du machst mir Angst!", rief sie ängstlich.

„Nein, später. Erzähl du mir lieber von deinen schönen Neuigkeiten", bat ich Friederike. Sie ließ sich nicht lange bitten.

„Du glaubst es nicht", sprudelten ihre Worte hervor. „Die Eltern sind so froh, dass wir hier im Pfarrhaus in Gruna untergekommen sind. Sie sind dem Pfarrer und Auguste sehr dankbar und schreiben, dass sie uns in den nächsten Tagen besuchen kommen wollen. Du weißt, mein Vater ist auch Lehrer. Er will Albert helfen, die Schule wieder einzurichten, damit die Kinder in Laußig möglichst bald Unterricht haben. Meine Mutter meint, dass die Jungen und Mädchen dann die schlimme Zeit der Plünderungen und Gewalttätigkeiten schneller vergessen können."

Bei Friederikes Worten hatte ich mich auf das Bett gelegt. Ich war wieder gefasst und lächelte ihr aufmunternd zu.

„Mein Brief ist nicht so schön wie deiner", seufzte ich. „Außerdem habe ich ihn bisher nur zur Hälfte gelesen. Diese erste Hälfte hat mir gereicht. Was meine Mutter mir geschrieben hat, das glaubst du nicht."

Friederike machte ein erschrockenes Gesicht und setzte sich zu mir auf das Bett. Sie legte ihre Hand auf meine und forderte mich mit leiser Stimme auf: „Lies mir den Brief vor! Vielleicht hast du etwas missverstanden."

Ich setzte mich wieder auf und zuckte mit den Achseln. Dann begann ich zu lesen. Als ich zu der Stelle kam, in der meine Mutter mir mitteilte, dass meinem Vater ein gefallener Sohn lieber wäre als ein Deserteur, unterbrach mich Friederike mit einem Schreckenslaut.

„Das kann doch nicht wahr sein!", rief sie aus. „So etwas gibt es doch nicht! Ach Christian, wie schrecklich! Das kann dein Vater nicht wirklich wollen."

„Doch“, entgegnete ich. „Du kennst meinen Vater nicht. Wenn er sich in eine Idee verrannt hat, dann ist er für keinen vernünftigen Einwand mehr zugänglich. Du kannst dir nicht vorstellen, wie er mich ständig bearbeitet hat, bis ich mich zur Armee gemeldet habe. Mein Vater ist ein glühender Anhänger des sächsischen Königs.“

Friederike saß stumm mit weit aufgerissenen Augen neben mir.

„Am meisten tut mir meine Mutter leid“, fuhr ich fort. „Sie muss sich jetzt bestimmt jeden Tag anhören, wie undankbar und wie unfähig ich bin. Dass er sie dabei mit jedem Wort verletzt, merkt er gar nicht.“

Ich machte eine Pause und merkte, dass ich richtig erschöpft war. Friederike hatte sich an mich geschmiegt und ich hatte einen Arm um ihre Schulter gelegt. So saßen wir eine Weile schweigend.

Schließlich schaute Friederike zu mir auf und fragte mich: „War dein Vater schon immer so? Ich meine, so rechthaberisch und verbohrt?“

„Ich glaube ja“, antwortete ich. „Es ist mir nur nie so richtig aufgefallen. Wenn er von einer Sache überzeugt war, hat er sich immer mit aller Kraft dafür eingesetzt. Das ist ja auch nicht grundsätzlich schlecht. Zum Beispiel hat er sich alle erdenkliche Mühe gegeben, aus mir einen guten Schreiner und Tischler zu machen. Und wenn ich daran denke, wie viele andere Jungen er in dem Handwerk unterrichtet hat. Die arbeiten heute bei anderen Werkstätten oder haben erfolgreich eine eigene Werkstatt aufgemacht. Darauf kann er stolz sein.“

Friederike setzte sich gerade hin und meinte: „Du sagst, du hast bisher nur den halben Brief gelesen. Lies doch weiter! Wenn du möchtest, bleibe ich solange bei dir. Du kannst den Rest des Briefes aber auch leise lesen, wenn du es möchtest.“

„In Ordnung“, sagte ich. „Ich glaube, es ist mir lieber, wenn du da bleibst und ich dir den restlichen Brief vorlese.“

Friederike nahm das Kopfkissen, stellte es an das Kopfende des Bettes und lehnte sich bequem daran.

„Es kann losgehen“, sagte sie. „Ich bin bereit.“

Also las ich weiter.

„Lass dich von seinem Verhalten nicht zu sehr niederdrücken“, schrieb meine Mutter. *„In einigen Wochen wird Vater seine Worte bereuen. Du kennst ihn ja. Wenn du dann wieder nach Hause kommst, wird er noch schimpfen und brummen, doch in Wirklichkeit liebt er dich. Schließlich bist du unser einziges Kind. Er hat sogar gesagt, dass er nach Napoleons Sieg Albert helfen will, die Schule wiederaufzubauen. Da siehst du, dass er kein schlechter Mensch ist.“*

Ich schaute Friederike an.

„Mutter findet immer Entschuldigungen für ihn.“

Friederike lächelte zaghaft und meinte: „Sie muss ihn sehr lieben.“

Ich räusperte mich und las weiter:

„Im Moment können wir nicht nach Gruna kommen. Seit gestern werden viele verwundete Soldaten nach Delitzsch transportiert und auf die drei Lazarette verteilt. Aber die können mittlerweile niemanden mehr aufnehmen. Es sind zu viele Verwundete. Die Stadtväter der Stadt haben die Anordnung erlassen, dass alle Bürger verwundete Soldaten in ihren Häusern aufnehmen müssen. Du weißt, unser Haus ist sehr groß. Wir haben viele von diesen armen Menschen zugewiesen bekommen. Um sie alle unterzubringen, mussten wir die große Stube ausräumen und Stroh auf den Boden schütten. Es ist ein Jammer, diese armen Menschen leiden zu sehen. Ich versuche mein Bestes, gebe ihnen Wasser und Suppe und verbinde die Wunden. Frauen aus der Nachbarschaft helfen, Laken in Streifen zu schneiden und Scharpie zu

zupfen. Der Wundarzt kommt jeden zweiten Tag. Doch nicht allen können wir helfen, viele sterben. Wenn Gliedmaßen amputiert werden müssen, bringen wir sie in eines der Lazarette. Auch wenn die völlig überfüllt sind. Ich bin froh, dass es nicht hier in unserm Haus geschieht. Das könnte ich, glaube ich, nicht ertragen."

Bei diesen Zeilen waren Friederike die Tränen gekommen. Leise schluchzte sie: „Deine Mutter ist wirklich eine tapfere Frau. Sie erinnert mich sehr an meine Mutter. Aber ich habe dich unterbrochen. Lies bitte weiter!"

Ich fuhr fort: *„Mein lieber Sohn! Ich bin sicher, dass du es bei den Pfarrersleuten gut hast. Auch freue ich mich darüber, dass du Albert und seine Schwester Friederike wiedergetroffen hast. Es ist für mich beruhigend zu wissen, dass du bei guten und ehrlichen Menschen sein kannst.*

Gott segne dich, in Liebe, deine Mutter."

Mit diesen Worten schloss der Brief. Friederike und ich saßen noch eine Weile gemeinsam auf dem Bett, hingen unseren Gedanken nach und zogen Kraft aus der Nähe des anderen.

Mittags aßen wir in der Küche Graupensuppe. Danach zog ich mich in meine Kammer zurück, um an meinem Tagebuch weiterzuschreiben. Kurz darauf klopfte Friederike an die Zimmertür.

„Ich mache mir Sorgen um Albert", sagte sie. „Wie mag es jetzt wohl in Laußig aussehen? Und in welchem Zustand ist unser Schulhaus? Was meinst du, wann können wir wieder nach Laußig zurück?"

„Halt ein!", unterbrach ich ihren Redeschwall schmunzelnd. „Kann ich hellsehen? Du hast tausend Fragen auf einmal. Warte doch ab, bis Albert wieder zurück ist, dann werden alle deine Fragen beantwortet."

Friederike ging wieder hinaus, kam aber nach kurzer Zeit wieder herein und jammerte: „Ich bin total nervös und kann mich überhaupt nicht auf meine Aufgaben konzentrieren. Dauernd muss ich an Albert denken. Hoffentlich kommt er gesund zurück. Ich habe ein ganz banges Gefühl."

Währenddessen war Auguste ins Zimmer gekommen. Friederike brach in Tränen aus. Auguste nahm Friederike in den Arm und tröstete sie. Mir gab es einen kleinen Stich in der Brust, denn ehrlich gesagt hätte ich Friederike jetzt gern in meine Arme genommen. Ich musste mir gestehen, dass ich ein klein wenig eifersüchtig auf Auguste war. Am späten Nachmittag war Albert immer noch nicht zurück. Friederike lief ständig zum Fenster und blickte suchend auf die Straße. Albert war nicht zu sehen. Auch ich machte mir langsam Sorgen.

Kurz vor 19 Uhr gingen Friederike und ich hinunter in die Küche. Auguste war damit beschäftigt, für uns alle eine Suppe zu kochen.

„So kenne ich Albert gar nicht", sagte sie. „Wenn er verspricht, zu einer bestimmten Zeit zurück zu sein, dann kann man sich auf ihn verlassen. Hoffentlich ist nichts passiert."

Zu mir gewandt meinte sie: „Christian, neben der Haustür steht die Sturmlaterne. Zünde sie bitte an und geh Albert entgegen. Vielleicht braucht er Hilfe. Langsam mache ich mir auch Sorgen."

Friederike hatte bisher am Küchentisch gesessen. Nun sprang sie auf und rief: „Ich komme mit, Christian! Hier sitzen und noch länger warten kann ich einfach nicht!"

Auguste wollte Friederike zurückhalten, doch die hatte sich bereits ein Schultertuch umgeworfen, die Sturmlaterne geschnappt und war hinausgelaufen. Ich folgte ihr.

Wir hatten gerade die letzten Häuser von Gruna passiert, als wir im Schein der Laterne Albert auf uns zustolpern sahen. Er war barfuß und trug nur noch sein Hemd. Als er näher kam, sahen wir, dass aus einer Kopfwunde Blut über seine Schläfe gelaufen war.

Blutiger Tagesausflug

Albert war total verschmutzt und zitterte am ganzen Körper. Seine Zähne schlugen hörbar aufeinander. Friederike lief ihm mit einem Aufschrei entgegen. Als sie ihn umarmte, wäre er fast gestürzt. Wir hüllten ihn in Friederikes warmes Schultertuch, stützten ihn von beiden Seiten und führten ihn zum Pfarrhaus.

Als wir an die Haustür klopften, öffnete uns Pfarrer Wagner.

„Albert!“, rief er entsetzt. „Was ist passiert? Kommt rein!“

Auguste kam nach unten, und als sie Albert sah, rief sie nur: „O Gott!“

Schnell gab sie Friederike die Anweisung: „Hol bitte eine Schüssel mit Wasser und ein sauberes Tuch. Wir müssen Alberts Kopfwunde säubern.“

Friederike nickte und lief in die Küche. Auguste nahm Verbandszeug aus dem Schrank und versorgte Alberts Kopfwunde. Friederike brachte das Tuch und Wasser und lief dann in unser Zimmer und holte für ihren Bruder ein frisches Hemd, eine Hose und Socken. Dann musste sich Albert an den warmen Ofen setzen. Auguste wickelte ihn in eine Decke und reichte ihm einen dampfenden Becher mit Kräutertee. Erst jetzt war Albert in der Lage, langsam und stockend von seinen Erlebnissen zu berichten.

„Auf meinem Weg nach Laußig sind mir am Ufer der Mulde viele Soldaten begegnet, die von den Leipziger Schlachtfeldern kamen. In Lumpen gehüllte Gestalten. Manche hatten Erfrierungen im Gesicht und schwere Verwundungen. Die meisten von ihnen waren Franzosen."

Albert machte eine Pause, griff sich an seinen schmerzenden Kopf und trank dann aus seiner Teetasse.

Ich konnte nicht an mich halten und warf ein: „Ha, wenn man bedenkt, wie sie vor noch nicht einmal einer Woche anmaßend als Herren aufgetreten sind, kann man sich das wirklich nicht vorstellen. Nicht, dass ich sagen möchte, es geschieht ihnen recht. Aber es gibt wohl doch noch so etwas wie eine höhere Gerechtigkeit."

Bei meinen Worten schaute mich der Pfarrer tadelnd an und legte mir eine Hand auf den Arm.

„Lass Albert weitererzählen", ermahnte er mich.

Albert musste ein paar Mal tief ein- und ausatmen, bevor er weitersprach.

„Auch Gardesoldaten traf ich. Sie trugen zerfetzte und verbrannte Mäntel und statt der Bärenfellmützen einfache Kopftücher. So sind sie dahergeschlichen, Offiziere und einfache Soldaten durcheinander, mit gesenkten Köpfen. Hunger und Kälte hatten sie zu Schreckensgestalten geformt."

Auguste rang die Hände und stammelte leise: „Diese armen Menschen, welch ein Leid. Gut, dass wir einigen von ihnen hier in Gruna helfen können."

Albert erzählte mit leiser Stimme weiter: „Am Ufer des Flusses traf ich völlig ausgehungerte Soldaten. Als ich näher trat, sah ich, dass sie mit ihren schmutzigen Taschentüchern Kartoffeln im Wasser wuschen. Ihre Kameraden waren damit beschäftigt, ein Wachfeuer anzuzünden – um die Kartoffeln zu braten und sich zu wärmen. Ihre Ausbeute war aber gering. Sicher hat jeder höchstens zwei Kartoffeln bekommen. Das konnte lediglich den ärgsten Hunger ein wenig dämpfen. Ich war neugierig und sprach die Soldaten an. Von einem, der ein wenig Deutsch mit französischem Akzent sprach, erfuhr ich, dass er und seine Kameraden in Möckern gekämpft hatten. Er sei Kanonier gewesen. Mit vierzig Kanonen hätten sie die angreifenden Preußen beschossen und unter ihnen ein furchtbares Blutbad angerichtet. Dann habe er General York mit seinen Reitern kommen sehen und sie ‚Es lebe der König!' rufen hören. Mit erhobenem Säbel sei der General vorangeritten."

Friederike hatte vor Anspannung die Faust vor den Mund geschoben. Dann rief sie: „Mein Gott, Albert, wie konntest du nur! Du hast dich freiwillig in große Gefahr begeben! Du konntest doch nicht wissen, wie die Soldaten auf dich reagieren."

Albert nickte ihr zu.

„Ach, weißt du, diese Soldaten waren nur noch armselige Gestalten. Ich hatte in diesem Moment keinerlei Angst vor ihnen."

Und er erzählte weiter: „Der Soldat berichtete mir, die preußischen Reiter und die ihnen folgenden Infanteristen hätten die Kanonen erobert und viele französische Soldaten niedergemetzelt und gefangen genommen. Er und seine Kameraden seien in Panik geraten und geflohen. Auch heute noch höre er die Schreie der Verwundeten und der Sterbenden."

Albert unterbrach seinen Bericht und trank wieder einen Schluck Tee.

„Albert, erzähl uns doch endlich, wer dich verletzt und dir die Kleidung geraubt hat!", forderte ich ihn ungeduldig auf. „Waren das diese Soldaten?"

„Nein“, antwortete Albert, „es waren andere Soldaten. Sie haben mich auf dem Rückweg von Laußig nach Gruna überfallen. Aber lasst mich der Reihe nach erzählen.“

Auguste war aufgestanden und nahm Albert den inzwischen leeren Teebecher ab, um ihn neu zu füllen. Dann sagte sie zu Friederike: „Deck bitte den Tisch. Ich glaube, Albert kann jetzt eine Stärkung vertragen, und uns wird sie auch gut tun.“

Während Friederike schnell den Tisch deckte, nickte der Pfarrer seiner Frau zu: „Auch wenn es für jeden nur einen Teller Hafermehlsuppe gibt, so wollen wir doch dem Herrn für diese Wohltat danken. Lasst uns für Alberts Rettung und für unser Nachtmahl ein Gebet sprechen.“

Wir standen auf und stellten uns mit gefalteten Händen um den Tisch herum. Der Pfarrer sprach mit kräftiger Stimme: „Herr, wir danken dir für die wundersame Rettung von Albert. Die Räuber haben ihn geschlagen und bestohlen, ihm aber das Leben gelassen. Wir befehlen die Räuber in deine Hände.“

Dann begann er mit dem Tischgebet. „Herr, sei du unser Gast und segne alles, was du uns bescheret hast. Amen.“

Das Amen sprachen wir alle mit. Dann setzten wir uns und Auguste füllte unsere Teller.

Nachdem wir gegessen hatten und der Tisch abgeräumt war, drehte der Pfarrer den Docht der Öllampe herunter und legte noch einige Scheite Holz auf das Ofenfeuer. Die Ofentür ließ er geöffnet. Das flackernde Feuer zeichnete Schatten an die Wände. Albert war es nach dem Tee und der Suppe endlich warm geworden. Er hatte die Decke abgelegt und zitterte nicht mehr.

Dann erzählte er weiter: „Ich ging weiter nach Laußig und war schockiert, als ich unsere Schule sah. Sie ist völlig verwüstet. Im großen Klassenraum muss wohl das auf dem Boden liegende

Stroh Feuer gefangen haben. Niemand hat den Brand gelöscht. Ich war in der Küche. Unser Kochgeschirr besteht nur noch aus zwei alten Töpfen, einigen Blechlöffeln und zwei Messern. Unter einem Haufen Unrat fand ich noch zwei Handtücher. In die oberen Räume konnte ich gar nicht gehen, weil nur noch klägliche Reste der Treppe vorhanden waren. Auch unser Garten ist ein trauriger Anblick. Reste der Holzzäune liegen zerbrochen auf dem Boden. Gartenlaube und Ställe sind abgerissen, Obstbäume abgehauen. Brennholz liegt an den erloschenen Wachfeuern. Ich erkannte Wagenbretter und die Reste eines Stalltors. Lagerstroh und Unrat sind überall verteilt. Auch mit dem Blut und den Eingeweiden geschlachteter Tiere ist der Platz bedeckt.

Außerhalb des Schulhauses, im Dorf, habe ich auch nur Spuren traurigster Zerstörung gesehen. Einige Bewohner sind zurückgekehrt. Die meisten Häuser und Gehöfte stehen aber leer – völlig verödet, alle Türen offen. Einige Häuser liegen in Schutt und Asche, sind abgebrannt. Vor der Kirche traf ich unseren Pfarrer und den Dorfschulzen. Sie hatten auch unser Gotteshaus als Lazarett eingerichtet und führten mich in das Kirchenschiff, in dem einige verwundete Soldaten auf ausgebreitetem Stroh lagen. Ein entsetzlicher Gestank schlug mir entgegen. Die Gewänder der Verwundeten waren blutig. Ich sah einen mit gebrochenen Armen. Er jammerte nach Wasser. Ein anderer lag da mit offenen Wunden, war noch nicht verbunden. Er stöhnte vor Schmerzen.

Dann kam die Frau des Dorfschulzen herein und gab den Verwundeten zu trinken. Auch einige Kartoffeln hatte sie mitgebracht. Der Dorfschulze erzählte mir, dass einige der Verwundeten schon gestorben seien. Die hätten sie auf dem Friedhof begraben. Es wäre für die Verwundeten kaum noch etwas zu essen und fast kein Verbandsmaterial mehr da. Doktor Reichels habe sie, so gut er konnte, versorgt. Ich sah, wie der Doktor einem Verwundeten einen Armverband anlegte. Danach kam er zu uns und begrüßte mich. Ich erzählte ihm von unserem Kirchenlazarett und bat ihn, doch auch in Gruna die Verwundeten zu behandeln. Er erklärte sich bereit, morgen Mittag zu kommen."

Pfarrer Wagner unterbrach Albert und seufzte: „Gott sei Dank!"

„Ich habe Laußig schnell wieder verlassen", erzählte Albert weiter. „Auf der Heerstraße lagen zwei tote Pferde. Dort traf ich den Laußiger Schmied und seine Gesellen. Sie waren dabei, den toten Pferden die Hufeisen abzureißen. Auf der Heerstraße sind mir Männer begegnet, die Karren schoben, auf denen schwer verwundete und sterbenskranke Soldaten lagen. Einer fragte mich nach einem Lazarett. Ich habe ihm geantwortet, dass in den Kirchen in Laußig und Gruna Lazarette eingerichtet worden seien."

Albert machte wieder eine Pause und trank Tee. Dann erzählte er von seinem Rückweg nach Gruna.

„Als ich am Ufer der Mulde entlang ging, sah ich, wie vier bewaffnete Soldaten einen Mann überfielen, der einen solch einen Transportkarren schob. Sie schlugen ihn nieder und raubten ihn aus. Unter höhnischem Gelächter, ohne Mitleid, haben die Soldaten die Verwundeten vom Karren gezerrt, ihre Taschen durchsucht, ihr Geld und ihre Wertsachen gestohlen und sie dann in die Mulde geworfen. Dieses Erlebnis hat mich sehr schockiert."

Albert versagte die Stimme. Er trank einen Schluck Tee.

„Das ist ja furchtbar", flüsterte Friederike. „Wie können Menschen so etwas tun?"

Albert zuckte mit den Schultern und erzählte weiter: „Ich wollte eingreifen, aber die Männer packten mich und schlugen mich nieder. Ein Gewehrkolben traf mich am Kopf und ich konnte vor lauter Blut nichts mehr sehen. Geld konnten sie mir nicht stehlen. Ich hatte keins dabei. Auch andere Wertsachen nicht. Aber meine Kleidung haben sie mir ausgezogen und mir nur das Hemd gelassen. Der Anführer fragte mich, ob in der Nähe ein Fährhafen sei. Ich nickte und zeigte in Richtung Gruna. Dann hat er mir gedroht, auch mich in die Mulde zu werfen, wenn ich mich nicht ganz schnell von dort entfernen würde. Ich lief, so schnell ich konnte. Meine Wunde hat stark geschmerzt und gefroren habe ich wie ein Schneider. Ihr könnt euch nicht vorstellen, wie froh und glücklich ich war, als mir Friederike und Christian am Ortseingang entgegenkamen."

Ich konnte mich nicht mehr zurückhalten und fragte: „Albert, was waren das für Soldaten? Kannst du dich an die Uniformen erinnern?"

Albert wiegte nachdenklich den Kopf.

„Die Uniformen waren zerrissen, verbrannt und verdreckt. Doch ich meine, dass die Mäntel blau gewesen sind, und die ursprüngliche Farbe der Hosen war wahrscheinlich mal grau. Die Soldaten hatten auch einen Anführer. Der gab den Befehl, die Verwundeten, nachdem sie ausgeplündert worden waren, in die Mulde zu werfen. Ich konnte verstehen, was er sagte, denn ihr wisst ja, dass ich etwas Französisch kann. Jetzt fällt mir auch wieder ein, dass der Anführer unrasiert war, aber einen auffallenden, dichten, schwarzen Schnauzbart trug. Seine Nase war krumm und zeigte die Spuren eines Nasenbeinbruchs. Einen der Soldaten hat er mit Namen angesprochen. Mit tiefer Stimme. Es klang so ähnlich wie Lekler."

Ich war wie vom Donner gerührt. Dieser Anführer, den Albert soeben beschrieben hatte, konnte nur Major Kaas sein. Der auffallende Schnauzbart, die gebrochene Nase und die tiefe Stimme passten zu ihm. Der Name des Soldaten war sicher Leclerc. So hieß einer der drei Infanteristen, denen der Major in Söllichau befohlen hatte, den mutigen Bauern festzunehmen.

Albert trank einen Schluck Tee und sagte: „Ich muss das alles erst einmal verkraften. Seid mir nicht böse, dass ich mich jetzt in meine Kammer zurückziehe. Ich bin sehr müde."

Die Begegnung mit Major Kaas und seinen Leuten hatte Albert offensichtlich sehr mitgenommen. Er wünschte allen eine gute Nacht und verließ die Wohnstube.

Kurz darauf folgte ich ihm in unsere Schlafkammer. Albert war noch wach, als ich mich in mein Bett legte. Ich fragte mich, warum sich der Major mit drei seiner Infanteristen hier in der Gegend herumtrieb. Wahrscheinlich waren sie aus Leipzig geflohen, als sie merkten, dass die Franzosen die Schlacht verloren hatten. Aber warum nicht in Richtung Frankreich? Ich erinnerte mich an das, was der Fährmann vermutet hatte. Viele Franzosen verließen Leipzig nicht in Richtung Weißenfels, weil sie Verfolger fürchten. Wahrscheinlich war ihnen deshalb der Weg über Eilenburg sicherer. Vielleicht waren Major Kaas und seine Leute auch diesen Weg gegangen. Warum sie dann auf die rechte Seite der Mulde geraten waren, konnte ich mir nicht erklären.

Besonders ortskundig sind sie ja anscheinend nicht, dachte ich. Sonst hätten sie sich bei Albert nicht nach dem nächsten Fährhafen erkundigt.

Ich fragte mich, ob sie noch heute Abend auf die andere Seite der Mulde übergesetzt hatten. Morgen früh würde mir der Fährmann eine Antwort auf diese Frage geben können. Ich vermutete aber, dass die Franzosen die Nacht noch in Laußig oder am Rand der Heerstraße auf einer Wiese an einem Lagerfeuer verbringen würden.

Mein Entschluss stand fest. Im Morgengrauen wollte ich das Pfarrhaus verlassen und bewaffnet zur Fähranlegestelle gehen. Mein Bauchgefühl sagte mir, dass Major Kaas und seine Leute morgen früh dort auftauchen würden. Ich war entschlossen, den Franzosen dort einen heißen Empfang zu bereiten. Auf den Fährmann konnte ich als Verbündeten sicher zählen.

Ich schaute zu Albert hinüber. Er war eingeschlafen und schnarchte leise. Trotzdem wollte ich ganz sicher gehen.

„Albert, Albert", rief ich leise. Doch Albert schnaufte nur, drehte sich zur Wand und schnarchte weiter.

Jetzt hatte ich die Gewissheit, dass Albert fest schlief. Leise stand ich auf und zündete eines der Talglichter an. Einen Briefbogen, Feder und Tinte hatte ich unter dem Bett versteckt. Ich holte die Sachen hervor und legte sie auf den kleinen Tisch. Zuerst wusste ich nicht, wie ich beginnen sollte, aber dann ging es wie von selbst.

„Meine liebe Friederike", schrieb ich. *„Du wirst sicher sehr erstaunt sein, dass ich dir schreibe. Ich habe aber keinen anderen Weg gesehen, denn du würdest mich sicher von meinem Vorhaben abbringen wollen. Major Kaas ist in der Nähe und ich habe mir selbst das Versprechen gegeben, mich an ihm für seine feigen Gräueltaten zu rächen. Erst wenn ich dieses Versprechen eingelöst habe, werde ich zur Ruhe kommen. Dir gebe ich das Versprechen, dass ich zu dir zurückkommen werde. Ich hoffe, dass wir in Zukunft ein gemeinsames Leben haben können. Bitte such mich nicht. Auch du kannst mich nicht aufhalten. In Gedanken gebe ich dir noch einen Kuss.*

Alles Gute und Gottes Segen für dich,

Dein Christian."

Ich faltete das Blatt und schob es in die linke Seitentasche meines Mantels, der an einem Haken an der Wand hing. In der rechten Seitentasche hatte ich immer noch meine Pistole, die Munition und den Ladestock versteckt.

Ich löschte das Talglicht, zog meine Schuhe aus und legte mich ins Bett. Albert schnarchte. Aber dieses gleichmäßige Geräusch hinderte mich nicht daran, schnell einzuschlafen.

Christian Burgers Tagebuchaufzeichnungen vom 20. Oktober 1813 Mittwoch

Rache am Fährhaus

In der Nacht hatte ich wenig geschlafen. Als das erste Tageslicht durch das Fenster in unsere Kammer fiel, stand ich auf und zog meine Schuhe und meinen Mantel an. Leise öffnete ich die Tür und ging hinaus. Ich horchte. Alles war still. Als ich an der Tür zu Friederikes Kammer vorbeiging, hatte ich den Eindruck, dass auch sie noch schlief. Ich zog den an sie gerichteten Brief aus meiner Manteltasche und schob ihn durch den Spalt unter der Tür in ihr Zimmer. Dann ging ich leise die Treppe hinunter und lauschte. Auch Pfarrer Wagner und Auguste schliefen anscheinend noch. Ich verließ das Pfarrhaus und machte mich auf dem Weg zur Fähranlegestelle.

Dort angekommen sah ich mich um. Die aufgehende Sonne tauchte die Mulde und ihre Ufer in ein gespenstisches Licht. Kein Mensch war zu sehen. Das Fährboot lag vertäut an der Anlegestelle. Ich klopfte an die Tür des Fährhauses. Nach einer Weile öffnete der Fährmann die Tür und fragte mich mit verschlafener Stimme: „Lumpensammler, was willst du hier so früh?“

„Mit dir reden, Kapitän“, antwortete ich. „Lass mich rein! Ich habe interessante Neuigkeiten.“

„Komm rein!“, sagte der Fährmann und führte mich in den einzigen Raum seines kleinen Hauses.

Ich setzte mich unaufgefordert auf eine Bank, die vor einem alten Holztisch stand. Der Fährmann setzte sich auf einen Stuhl mir gegenüber.

„Dann rück mal mit deinen interessanten Neuigkeiten raus“, drängte er.

„Mache ich“, antwortete ich ihm. „Ich bin mir ziemlich sicher, dass deine Schuldner hier gleich erscheinen werden.“

„Meine Schuldner?“, fragte er erstaunt. „Meinst du diesen französischen Major und seine Leute? Woher weißt du denn, dass er hier erscheinen wird?“

„Ein guter Freund von mir hat ihn und drei seiner Leute gestern Abend in der Nähe getroffen“, erklärte ich. „Genauer gesagt: Er ist von den Franzosen seiner Kleidung beraubt worden. Dann haben sie ihn gefragt, wo der nächste Fährhafen ist. Er hat ihnen den Weg zu deiner Fähranlegestelle gewiesen. Und weil sie dich gestern Abend sicher nicht mehr besucht haben, kann ich mir gut vorstellen, dass sie heute Morgen hier auftauchen werden.“

Der Fährmann kratzte sich nachdenklich das Kinn.

„Du könntest recht haben“, sagte er. „Dann sollten wir ihnen aber einen schönen Empfang bereiten. Hast du deine Pistole dabei?“

„Ja“, antwortete ich, zog die Schusswaffe aus meiner Manteltasche und legte sie auf den Tisch.

„Wir haben schließlich noch eine Rechnung offen“, sagte ich.

„Ja – haben wir“, bestätigte der Fährmann und holte seine Pistole mitsamt Ladestock und Munition aus der Schublade eines kleinen Schrankes. Wir luden unsere Schusswaffen und traten ans Fenster neben der Haustür. Von dort aus konnten wir den Platz vor der Fähranlegestelle gut überblicken. Niemand war zu sehen.

„Wir sollten uns überlegen, wie wir sie empfangen wollen – wenn sie denn kommen“, sagte der Fährmann. „Ich kann mir das so vorstellen: Wenn sie erscheinen, dann verlassen wir beide das Fährhaus und bitten sie mit vorgehaltenen Pistolen höflich, ihre Waffen fallen zu lassen. Ich vermute, sie tragen Pistolen und Säbel.“

„Ich werde ihre Waffen dann einsammeln“, schlug ich vor.

Der Fährmann nickte.

„Wenn sie entwaffnet sind, werde ich von dem Major die mir geschuldeten drei Taler verlangen. Zahlt er nicht, knalle ich ihn ab. Du hältst währenddessen seine Begleiter in Schach.“

„Einspruch“, sagte ich. „Du wirst den Major nicht erschießen. Ich habe mit ihm auch noch eine Rechnung offen.“

Der Fährmann sah mich erstaunt an.

„Willst du ihn erschießen?“

„Nein. Ich möchte noch einmal erleben, dass er mich angreift. Diesmal werde ich aber auch bewaffnet sein.“

„Ein Duell – wie edel. Hoffentlich übernimmst du dich da nicht.“

„Schau mal! Da kommen sie!“, rief ich.

Major Kaas führte die vierköpfige Gruppe an. Sie gingen auf das Fährhaus zu.

„Los!“, rief der Fährmann.

Er öffnete die Tür und stürmte hinaus. Ich folgte ihm. Die Franzosen blieben stehen und hoben die Hände, als sie unsere auf sie gerichteten Pistolen sahen.

„Waffen fallen lassen!“, rief der Fährmann und trat näher an den Major heran. Ich hielt seine drei Begleiter in Schach, die nebeneinanderstanden. Die Franzosen legten ihre Pistolen und die Säbel auf den Boden.

„Einige Schritte zurückgehen“, rief ich, denn ich wollte vermeiden, dass die Waffen in ihrer Reichweite lagen. Die Franzosen gehorchten.

„Was soll das?“, fragte der Major. „Wir wollen auf die andere Seite des Flusses. Behandelt ihr alle eure Fahrgäste so?“

„Nur die, die mich um mein Fahrgeld betrogen haben und auch noch handgreiflich wurden", antwortete der Fährmann.

„Wir sollen dich um dein Fahrgeld betrogen haben?", fragte der Major. „Ich kenne dich gar nicht. Meine Kameraden und ich sind zum ersten Mal hier."

„Dann will ich deinem Gedächtnis mal auf die Sprünge helfen", sagte der Fährmann. „Vor zehn Tagen bist du mit mehr als einem Dutzend französischer Soldaten hier aufgetaucht. Ihr wolltet übergesetzt werden. Benommen habt ihr euch wie Geisteskranke. Meinen Freund, der hier neben mir steht, hast du Drecksack niedergestochen."

„Ich kenne ihn nicht", behauptete der Major, nachdem er mir einen wütenden Blick zugeworfen hatte.

„Du wirst mich gleich kennen lernen", knurrte ich. „Warte nur ab!"

Der Fährmann trat etwas näher an den Major heran und zielte mit seiner Pistole auf dessen Kopf.

„Zwei Fahrten habe ich gemacht", sagte er. „Aber du hast mich um mein Fahrgeld betrogen. Und als ich es gefordert habe, wurde ich auch noch geschlagen. Du wirst jetzt deine Schulden bezahlen, sonst jage ich dir eine Kugel in den Kopf. Drei Taler Fahrgeld und zwei Taler Zinsen."

Ich rechnete mit einem miesen Trick des Majors und war überrascht, dass er einen Geldbeutel aus seiner Manteltasche zog und fünf Taler herausnahm.

„Leg die Geldstücke auf den Boden und schieb sie zu mir rüber", befahl der Fährmann.

Der Major gehorchte. Der Fährmann hob die Taler auf und steckte sie in seine Jackentasche. Ich hielt die drei französischen Soldaten weiterhin mit meiner Pistole in Schach und ging auf die Waffen zu, die sie abgelegt hatten. Einen der Säbel hob ich auf. Dann stellte ich mich neben den Fährmann und nickte ihm zu. Er hatte meinen Wink verstanden, verließ seinen Platz und richtete nun seine Pistole auf die drei Begleiter des Majors.

„Nimm deinen Säbel!", befahl ich dem Offizier und legte meine Pistole vor mir auf den Boden. Er sah mich überrascht an und hob seinen Säbel auf.

„Willst du Würstchen dich mit mir duellieren?", fragte er höhnisch.

„Du hast es erkannt", antwortete ich und ging mit meinem Säbel in Angriffstellung. In diesem Moment hörte ich Friederikes Stimme. Sie kam laut schreiend auf dem Weg zur Fähre auf mich zu gelaufen.

„Christian! Nein!", rief sie.

Ich war einen Moment abgelenkt und schaute zu Friederike hin. Das wäre mir fast zum Verhängnis geworden. Dem Major war meine Unaufmerksamkeit nicht entgangen. Er griff mich mit seinem Säbel an. Ich war so überrascht, dass ich zu keiner Abwehrbewegung mehr fähig war. Mit einer Drehung meines Oberkörpers versuchte ich seinem Säbelhieb auszuweichen. In diesem Moment krachte ein Schuss. Major Kaas taumelte zwei Schritte rückwärts und brach getroffen zusammen. Er ließ seinen Säbel fallen und presste beide Hände vor die Brust. Blut quoll zwischen seinen Fingern hervor. Ich schaute mich um. Friederike stand wie angewurzelt da und schaute mit offenem Mund auf mich und den Major. Der Fährmann stand mit rauchender Pistole einige Schritte entfernt. Dankbar sah ich ihn an. Er hatte mir das Leben gerettet. Einer der drei Soldaten hatte jedoch die Ablenkung genutzt, war einige Schritte vorgegangen und hatte seinen Säbel aufgehoben. Er stürmte auf den Fährmann zu, der seinen Blick immer noch auf den Major gerichtet hatte. Blitzschnell handelte ich, hob meine geladene Pistole vom Boden auf und schoss auf den Angreifer. Er schrie vor Schmerzen laut auf und ließ seinen Säbel fallen. Ich hatte ihn in die rechte Schulter getroffen. Blut quoll aus seiner Wunde. Er taumelte. Seine beiden Kameraden kamen und stützten ihn.

Der Fährmann und ich luden unsere Pistolen nach. Dann richteten wir sie auf die Soldaten. Friederike stand immer noch an ihrem Platz und wusste nicht so recht, was sie tun sollte.

„Friederike!“, rief ich. „Schau bitte, wie es um den Major steht. Du musst keine Angst vor ihm haben. Der kann dir nichts Böses antun .“

Friederike kam zögernd näher und kniete sich neben den Major. Sie lauschte an seinem Mund auf seinen Atem und fühlte nach seinem Herzschlag. Dann schüttelte sie den Kopf und schloss ihm die Augen.

„Hier kommt jede Hilfe zu spät. Er ist tot“, sagte sie mit leiser Stimme.

Zu den Soldaten gewandt sagte ich: „Ihr habt es gehört. Versorgt euren Kameraden. Anschließend könnt ihr nach Laußig gehen. In der Kirche dort befindet sich ein Lazarett. Nehmt euren Major gleich mit. Kümmert euch um sein Begräbnis. Die Waffen bleiben aber hier. Und jetzt fort mit euch!“

Einer der Soldaten holte eilig Verbandsstoff aus seinem Tornister und verband damit notdürftig die Wunde seines Kameraden. Dann gingen sie schweigend davon.

Ich bedankte mich noch einmal beim Fährmann für seine Hilfe.

„Ohne deine schnelle Reaktion und Treffsicherheit wäre ich wahrscheinlich jetzt wie der Major mausetot.“

Der Fährmann schlug mir auf die Schulter und sagte: „Das war eine spontane Reaktion. Ich musste nicht erst überlegen und habe gleich geschossen. Im anderen Fall wären wir wahrscheinlich beide tot. Glaub nur nicht, dass die mich verschont hätten! Aber ich habe mich auch bei dir zu bedanken. Du hast mir mit deinem schnellen Einschreiten ebenfalls das Leben gerettet. Ich denke, wir sind quitt."

Wir schüttelten uns zum Abschied die Hände und versicherten uns gegenseitige Freundschaft. Friederike hatte währenddessen neben mir gestanden und uns zugehört. Jetzt zog sie mich am Ärmel und sagte: „Lass uns zum Pfarrhaus zurückgehen. Die anderen werden uns sicher schon vermissen und sich Sorgen machen. Schließlich sind wir nicht zum gemeinsamen Frühstück erschienen. Ich bin hungrig und fühle mich erschöpft wie nach einem langen Arbeitstag."

Ich nahm Friederike in die Arme. Eine kleine Weile blieben wir so stehen. Dann machten wir uns auf den Weg zurück ins Pfarrhaus. Wir waren gerade losgegangen, da tauchten Albert und Pfarrer Wagner an der Fähranlegestelle auf. Auch andere Dorfbewohner waren mitgekommen und bedrängten uns mit neugierigen Fragen.

„Was ist hier los?" , rief mir der Pfarrer zu. „Wir haben Schüsse gehört."

„Das erzähle ich euch alles später im Pfarrhaus", erwiderte ich. „Lasst uns zurückgehen."

Hoffnungsschimmer

Als wir im Pfarrhaus ankamen, merkte ich erst, wie erschöpft ich war. Nachdem Friederike und ich uns mit einer Roggenmehlsuppe gestärkt hatten, berichtete ich von den Geschehnissen am Fährhaus. Mein spezielles Interesse an Major Kaas verschwieg ich dabei jedoch.Alle Anwesenden hörten schweigend zu. Das Gesicht des Pfarrers hatte sich zunehmend verfinstert. Nach einer Weile räusperte er sich und unterbrach mich: „Christian, ich bin sehr enttäuscht von dir. Du hast dich hier in diesem christlichen Haus aufgehalten und gleichzeitig diese dunklen Pläne geschmiedet. Nicht ein einziges Mal hast du an deinen Überlegungen gezweifelt. Im anderen Fall hättest du nämlich christlichen Beistand und Rat von mir eingeholt. Im gemeinsamen Gebet und Gespräch wäre sicher eine andere Lösung möglich gewesen, als ein Leben auszulöschen und andere Leben zu gefährden."

Ich holte tief Atem und wollte etwas erwidern, doch Pfarrer Wagner hob gebieterisch die Hand und fuhr in seinen Anschuldigungen fort: „Was hast du dir eigentlich dabei gedacht? Und warum hast du auch noch den Fährmann in diese abscheulichen Pläne hineingezogen?"

Jetzt legte Auguste ihre Hand beruhigend auf den Unterarm ihres Mannes.

„Lass Christian auch zu Wort kommen. Jeder hat das Recht, angehört zu werden. Christian, erzähl doch bitte, warum es zu dieser Auseinandersetzung am Fährhaus gekommen ist."

Ich warf Auguste einen dankbaren Blick zu und begann mit meiner Erklärung, dass der Major nicht nur Albert überfallen hatte, sondern dass er auch derjenige gewesen war, der den

Bauer in Söllichau so misshandelt und mich an der Fähre fast umgebracht hatte. Alle hörten aufmerksam zu. Der Pfarrer unterbrach mich diesmal nicht. Friederike weinte still und Auguste hatte tröstend den Arm um sie gelegt.

Nachdem ich geendet hatte, schwiegen alle noch eine Zeit lang. Nach einer Weile holte der Pfarrer tief Luft, räusperte sich wieder und sagte: „Christian, Christian. Du hättest wirklich viel früher zu mir kommen und dich öffnen sollen. Du hast Schreckliches erlebt. Damit kann ein junger Mensch nicht so einfach fertig werden. Ich kann dein Handeln nicht gutheißen, aber ich kann es jetzt verstehen."

Ich schaute Pfarrer Wagner erleichtert an. Friederike hatte aufgehört zu weinen. Ich nahm ihre Hand und sagte mehr zu ihr als zu den anderen: „Gott sei Dank ist dieser Albtraum endlich vorbei. Ich fühle mich wie befreit. Jetzt erst bin ich in der Lage, an eine Zukunft voll Frieden zu denken. Ich wollte niemanden von euch verletzen oder hintergehen. Sollte dieser Eindruck entstanden sein, so möchte ich mich dafür entschuldigen."

Bei den letzten Worten schaute ich in die Runde. Alle nickten mir zu. Pfarrer Wagner sagte: „Lasst uns ein Gebet sprechen und dann wieder an die Arbeit gehen. Unsere Pflichten rufen und verlangen unsere ganze Kraft. Christian, du kennst die Aufgabenverteilung, oder?"

Ich nickte.

In seinem Gebet flehte der Pfarrer um Vergebung für meine Sünden und um Kraft, den richtigen Weg zu finden. Dann standen wir auf. Er hatte recht. Wir hatten eine Menge Arbeit zu bewältigen.

In den nächsten Tagen arbeiteten wir von früh bis spät. Es kamen immer mehr Verwundete aus Leipzig nach Gruna. Einige fanden in unserem kleinen Kirchenlazarett Platz, andere schickten wir nach Laußig.

Jeden Tag starben auch einige unserer Patienten. Auf dem kleinen Dorffriedhof wurde es eng. Von Durchreisenden hörten wir, dass in einigen Lazaretten ein Nervenfieber ausgebrochen war. Von diesem Fieber wurden nicht nur die Verwundeten, sondern auch die Pflegenden befallen. Die meisten Infizierten starben daran. Wir blieben davon, Gott sei Dank, verschont. Doch viele Kranke und Verletzte brauchten ständigen Zuspruch, um den Kampf um ihr Überleben nicht aufzugeben. Friederikes Geigenspiel, das mittlerweile ebenso wie Alberts Gebete ein täglicher Bestandteil unseres Lebens war, half ihnen und uns, diese harten Zeiten durchzustehen. Es war wie eine Erinnerung an bessere Zeiten und gleichzeitig ein Schimmer der Hoffnung, dass bald alles wieder normal werden würde und Not und Elend sich in Freude und Zuversicht wandeln würden.

Nach einer Woche ließ der Strom der Verwundeten nach und Pfarrer Wagner konnte das Kirchenlazarett kurz darauf schließen. Es war erstaunlich, dass einige Bauern doch noch über ein paar wenige Lebensmittel verfügten. Sie hatten auch Rinder und andere Tiere, die sie in dem nahegelegenen Waldgebiet versteckt gehalten hatten, zurück in ihre Ställe getrieben. Es gab wieder Speck, Graupen und Mehl zu kaufen. Brot, Kartoffeln und Salz hingegen waren knapp. Doch unsere Angst, wie wir den Winter ohne Lebensmittel überstehen sollten, war vorüber.

Die Zeit verging wie im Flug. Wir machten uns Gedanken, wie es mit der Schule in Laußig weitergehen sollte. Albert allein konnte das Schulhaus nicht wieder herrichten. Ich wollte mithelfen und bot ihm meine Kraft und meine Kenntnisse als Schreiner und Tischler an. Doch auch das würde nicht genügen. Als der Dorfschulze aus

Laußig uns eines Tages besuchte, erzählte er, dass das Dorf wieder aufgeräumt sei, und bat Albert, den Schulunterricht wieder aufzunehmen. Er könne ihm als Schulraum den Tanzboden des Dorfgasthauses zur Verfügung stellen. Er berichtete außerdem, dass auch die Bauern zur Wiederherstellung des Schulhauses beitragen wollten. Sie wären bereit, Material bereitzustellen und auch ihre Arbeitskraft einzubringen. Albert freute sich über das Angebot.

Pfarrer Wagner versprach uns, dass wir bis zur Wiederherstellung des Schulhauses noch im Pfarrhaus wohnen könnten. Friederike sollte weiterhin Auguste im Haus unterstützen.

An die folgenden Tage erinnere ich mich besonders gern. Denn an den Abenden spielte Friederike nach dem gemeinsamen Essen wunderschöne Musikstücke auf ihrer Geige. Immer wieder verzauberte sie mich, nicht nur durch ihre Anwesenheit, auch durch ihr Geigenspiel. Ihre Musik ließ mich nach den schrecklichen Tagen der Not, der Plünderungen und der Gewalt ein Gefühl des Glücks und des Friedens empfinden.

An einem trüben Novembertag gab es für mich eine Überraschung, mit der ich nicht gerechnet hatte. Als es mittags klopfte und ich die Tür öffnete, stand mein Vater davor. Er hatte ein ganzes Bündel mit Handwerkszeug dabei. Mein Vater umarmte mich, bestellte mir Grüße von meiner Mutter und erzählte von Delitzsch. Und was er dann sagte, konnte ich erst gar nicht glauben. Er hatte mir, seinem Sohn, dem Deserteur, verziehen. Ich war so glücklich wie schon lange nicht mehr.

Durch die tatkräftige Unterstützung meines Vaters, der Laußiger Bauern und Alberts und Friederikes Vater ging der Wiederaufbau des Schulhauses schnell voran. Nach einigen Wochen konnten wir bereits alle wieder nach Laußig zurückkehren. In dem kleinen Dorf gab es bisher keine Schreinerwerkstatt. Mein

Plan war, mich in Laußig mit einer solchen Werkstatt selbstständig zu machen. So konnte ich Friederike jeden Tag sehen und hoffentlich auch oft ihrem Geigenspiel lauschen. Alle blickten wieder leichten Herzens in die Zukunft.

Manchmal tauchten aber noch die geisterhaften Schreckensgestalten, die die Leipziger Schlachtfelder ausgespuckt hatten, in unserem Dorf auf. Sie wirkten müde und hoffnungslos, waren auf dem Weg in ihre Heimat und bettelten um Nahrungsmittel. Viele kamen, sobald der eisige Winternebel über den Häusern lag. Dämonisch erschien das lautlose Erscheinen der schrecklichen Gestalten, entsetzlich die Leiden, die sie mit sich brachten. Die Kälte in ihren Körpern könne niemals weichen und ihr Hunger sei nicht zu stillen, sagten die Dorfbewohner. Gott im Himmel habe sie mit ewigem Hunger gestraft. Als stolze Krieger hätten sie die schönsten Weizengarben ins Lagerfeuer geworfen. Jetzt seien sie verdammt, durch keine Menschenkost gesättigt zu werden.

Manchmal liefen die Dorfkinder hinter ihnen her und sangen:

„Ritter ohne Schwert,
Reiter ohne Pferd,
Flüchtling ohne Schuh,
nirgends Rast und Ruh'.
So hat sie Gott geschlagen,
mit Mann und Ross und Wagen."

Hiermit enden die Tagebuchaufzeichungen von Christian Burger.

Nachwort

Im Frühjahr 2012 besuchte ich das Landschaftsmuseum in Bad Düben. Ein kleiner Teil der Ausstellung war dem Aufenthalt Napoleons in der Stadt gewidmet.

Ich erfuhr dort, dass der französische Kaiser mit seiner Armee am 10. Oktober 1813 in Bad Düben eintraf und auf der Burg sein Hauptquartier bezog. Warum? Napoleon wollte die ihm gegenüberstehenden Heere der Preußen und ihrer Verbündeten in der Dübener Heide einzeln zur Schlacht stellen und vernichtend schlagen. Feldmarschall Blücher machte diesen Plan zunichte. Seine schlesische Armee verließ kurz vor Napoleons Ankunft Düben, wich über Bitterfeld und Halle nach Leipzig aus und vereinigte sich mit den Armeen der Verbündeten.

Auch Napoleon verließ nach drei Tagen Bad Düben in Richtung Leipzig. Dort kam es vom 16. bis 19. Oktober zur Völkerschlacht, an der insgesamt etwa 600.000 Soldaten beteiligt waren. Sie endete für Napoleons Truppen mit einer vernichtenden Niederlage.

Während meines Besuchs des Bad Dübener Museums wurde mir bewusst, dass ich über diese Ereignisse viel zu wenig wusste. Wahrscheinlich geht es den meisten Deutschen ähnlich.

Nach dem Museumsbesuch las ich Bücher mit Augenzeugenberichten aus der Zeit vor, während und nach der Völkerschlacht. Ein Söllichauer Bauer, ein Laußiger Lehrer und eine Leipziger Pfarrerstochter hatten ihre Erlebnisse aufgeschrieben und veröffentlicht. Sie schilderten, wie die Zivilbevölkerung vor allem in der Dübener Heide unter den Truppenbewegungen zu leiden hatte. Durch Einquartierungen und Plünderungen hatten viele ihr Hab und Gut und oft auch ihr Leben verloren. Soldaten mussten essen und trinken und brauchten Holz für ihre Wachfeuer. All das haben sie sich ohne zu fragen und ohne zu bezahlen genommen.

Wie müssen sich sächsische Soldaten gefühlt haben, die als Verbündete der französischen Armee Befehle erhielten, ihre Landleute auszurauben?

Ich entschloss ich mich, vor dem Hintergrund dieser historischen Ereignisse eine Erzählung zu schreiben: die Geschichte von Christian, dem Mädchen Friederike und ihrem Bruder Albert.

Anregungen dazu bekam ich nicht nur im Landschaftsmuseum Bad Düben, auch in den Museen in Eilenburg und Delitzsch.

Der frei erfundene Ich-Erzähler meiner Geschichte ist Christian, ein sechzehnjähriger Ulan, der aus der sächsischen Armee desertiert und damit beginnt, Tagebuch zu schreiben. In Laußig trifft er auf seinen ehemaligen Lehrer Albert und dessen jüngere Schwester Friederike.

Auch Albert und Friederike sind von mir geschaffene Figuren. Ähnlichkeiten mit den damaligen Bewohnern des Schulhauses in Laußig sind rein zufällig.

Ich lasse den Ich-Erzähler Christian aufschreiben, wie er, Friederike und Albert die Tage vor, während und nach der Völkerschlacht in Laußig und in Gruna erlebt haben.

Einige Schauplätze der Erzählung gibt es wirklich (die Kirchen, die Schule, das Pfarrhaus). Andere sind frei erfunden.

Mein herzlicher Dank gilt allen, die mir Informationen gaben, Materialien bereitstellten und auf hilfreiche Literatur hinwiesen: Herrn Graupner vom Museum Delitzsch, Herrn Flegel vom Museum Eilenburg und Frau Steuer vom Landschaftsmuseum der Dübener Heide, Burg Düben.

Ein ganz besonderes Dankeschön sage ich meiner Lebensgefährtin. Elke hat nicht nur meinen viele Monate dauernden Recherche- und Schreibprozess geduldig begleitet, sie hat mir auch interessante Anregungen für einzelne Szenen des Buches gegeben.

Klaus W. Hoffmann

Schauplätze der Erzählung

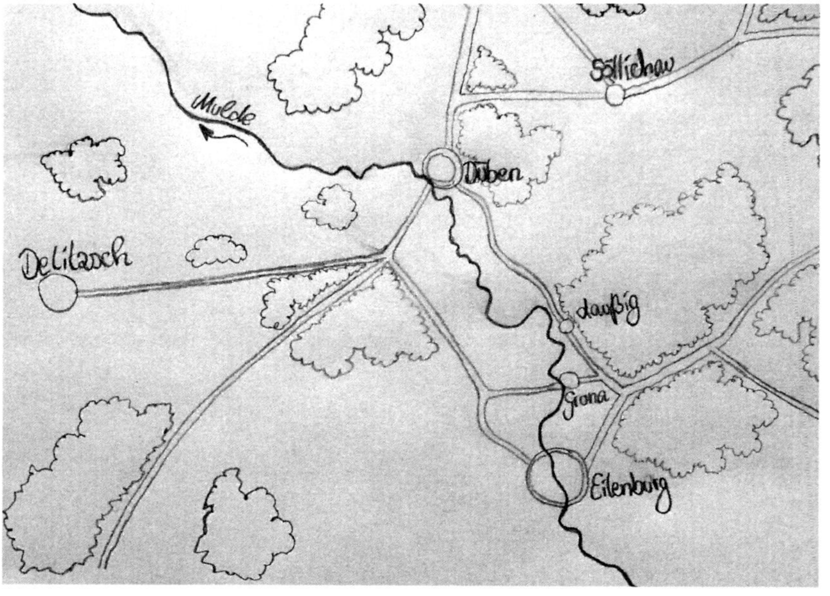

Glossar

Adjutant

Dieser Dienstgrad wurde 1776 in Frankreich bei der Armee eingeführt und bezeichnete den ranghöchsten Unteroffizier eines Bataillons, später auch der Kompanie.

Bajonett

Als Bajonett bezeichnet man eine Stichwaffe, die auf den Lauf des Gewehrs aufgesteckt (aufgepflanzt) wird. Der Name leitet sich von der französischen Stadt Bayonne her. Ursprünglich wurden Messer mit dem Griff in den Gewehrlauf gesteckt, später wurden seitliche Halterungen an den Gewehren angebracht, in die die Messer bzw. die Stichwaffen gesteckt wurden. Daher auch die Bezeichnung „Seitengewehr." Auf diese Art konnte das Gewehr auch mit aufgepflanztem Bajonett abgefeuert werden.

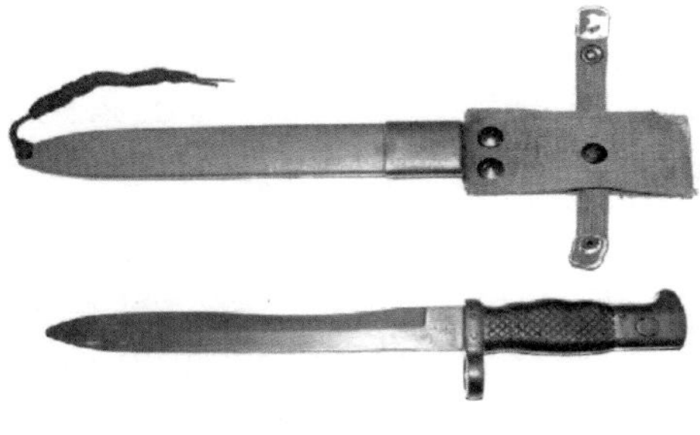

Abb. Wikipedia

Biwak
bezeichnet ein Lager im Freien. Im Oktober 1813 errichteten umherziehende Soldaten Biwaks, schlugen Zelte auf und zündeten Wachfeuer an, die sie zum Kochen, aber auch als Wärme- und Lichtquelle nutzten.

Dawei dawei
ist russisch und bedeutet: schnell, vorwärts, Bewegung.

Deserteur
Verweigert ein Soldat seine militärischen Verpflichtungen und verlässt eigenmächtig seine Truppe, dann desertiert er bzw. ist fahnenflüchtig. Fahnenflucht wurde zu allen Zeiten schwer bestraft. In Kriegszeiten stand auf Fahnenflucht die Todesstrafe.

Dorfschulze
Ist eine Berufsbezeichnung und bedeutet Dorfoberhaupt bzw. Verwalter der Dorfangelegenheiten. Der Dorfschulze hatte eine ganze Reihe von Aufgaben zu erledigen. Er musste für Ordnung und Einhaltung der königlichen Gesetze und Befehle sorgen. Weiter war es seine Aufgabe, die Instandhaltung der Wege zu überprüfen und darüber zu wachen, dass in den Wirtshäusern keine Gefahrenquellen vorhanden waren, die zu Bränden führen konnten. Dazu nahm der Dorfschulze zusammen mit dem Dorfältesten unangemeldete Kontrollen vor.

Dreschflegel

Ein Dreschflegel besteht aus der Handhabe, also dem Stock, der etwa 1 1/2 m lang ist, und dem Schlegel oder Klöppel, der außerdem noch als Schlagholz bezeichnet wird. Die Verbindung zwischen dem Stock und dem Klöppel muss die zum Dreschen nötige Drehbewegung ermöglichen und gleichzeitig einen zuverlässigen Halt bieten.

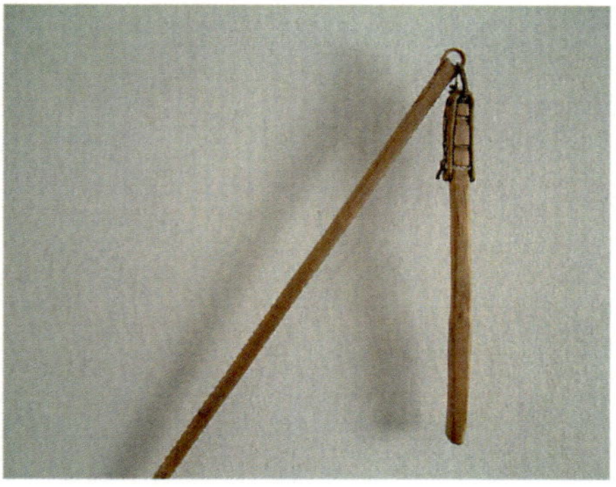

Abb. Wikipedia

Epileptischer Anfall

ist ein Krampfanfall mit kurzen Bewusstseinspausen. Solche Anfälle sind oft mit einzelnen oder unregelmäßig wiederholten Zuckungen einzelner Muskelgruppen und auch Stürzen verbunden. Ursache solcher Anfälle sind elektrische Entladungen im Gehirn.

Feldwebel

ist ein Dienstgrad der Gruppe der Unteroffiziere.

Füsiliere

Der Ausdruck Füsilier bezeichnet in der Militärgeschichte den mit einem Steinschlossgewehr (französisch fusil) ausgerüsteten

Soldaten. 1806 erhielt jedes Infanterieregiment ein Füsilierbataillon. Diese wurden später, nach der Einführung des Zündnadelgewehrs, als Erste mit dieser Waffe ausgerüstet.

Garde

Als Garde bezeichnet man militärische Verbände, die als Leibwache oder Haustruppe für den Ehrenwachdienst oder repräsentative Zwecke eingesetzt werden. Gardisten unterscheiden sich von anderen Soldaten durch besondere Abzeichen und Uniformen.

Grenadiere

bezeichnet eine Truppengattung beim Militär. Grenadiere waren die Elite der Infanterie.

Infanterie

Als Infanterie oder Fußtruppe bezeichnet man zu Fuß kämpfende, mit Handwaffen ausgerüstete Soldaten der Bodenstreitkräfte. Sie bildeten bei den meisten Armeen die Basis der Streitkräfte.

Karabiner

Ein leichtes Infanteriegewehr mit verkürztem Lauf und oftmals auch kleinerem Kaliber. Die unten abgebildete Art der Karabiner wurde in Deutschland seit 1809 gefertigt.

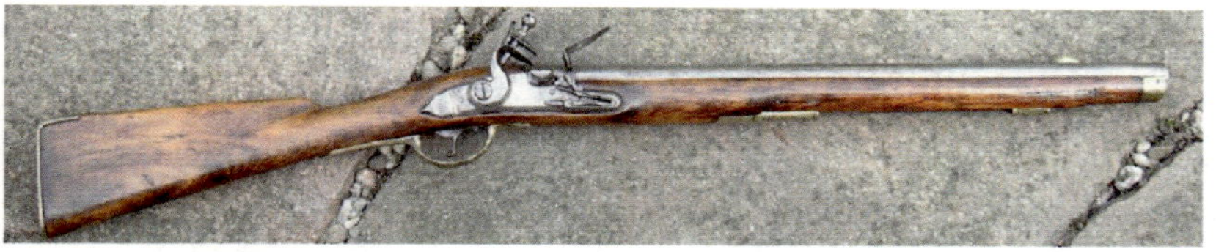

Ein 1813 gebräuchlicher Karabiner gehörte zu den Vorderladerwaffen. Wie sie funktionieren, wird unter „Pistole“ erklärt.

Colonel
ist die französische Bezeichnung für den Offiziersdienstgrad Oberst.

Kompanie
Als Kompanie bezeichnet man eine militärische Einheit, die einem Truppenverband unterstellt ist und aus Teileinheiten besteht.

Korporal
ist der unterster Rang der Unteroffiziere.

Korps
Ein Korps ist ein militärischer Großverband eines Heeres. Dieser Truppenverband besteht in der Regel aus verschiedenen Waffengattungen. Die moderne Einteilung in Armeekorps hat ihren Ursprung unter Napoleon Bonaparte. Zu dieser Zeit gab es Infanterie- und Kavalleriekorps.

Kosaken
Der Name „Kosak“ stammt aus den Turksprachen und bedeutet in etwa „freier Krieger.“ Die Kosaken waren ursprünglich Gemeinschaften freier Reiterverbände, zu denen sich flüchtige russische und ukrainische Leibeigene, manchmal auch nur Abenteurer oder anderweitig Abtrünnige in den südlichen Steppengebieten des russischen Reiches zusammenschlossen. Je nach Lebensraum bezeichnete man verschiedene Kosakengruppen, z.B. ukrainische Kosaken, Schwarzmeerkosaken, russische Kosaken etc.. Im 19. Jahrhundert verwandelten sich die Kosaken in eine tragende Säule des russischen Kaiserreiches und spielten eine bedeutende Rolle in verschiedenen Kriegen, unter Anderem in der Schlacht gegen Napoleon.

Krisis
ist ein Begriff aus der wissenschaftlichen Medizin und bezeichnet eine plötzlich auftretende, krisenhafte Veränderung des Gesundheitszustandes.

Livree
nennt man die uniformähnliche Bekleidung der Dienerschaft.

Monsieur
Monsieur ist die französische Anrede für „Herr.“

Napoleon Bonaparte

Napoleon Bonaparte

Napoleon wurde am 15. August 1769 auf Korsika geboren und starb am 21. Mai 1821 in St. Helena in der Verbannung. Er war französischer Staatsmann, General und Kaiser. Der verlorene Russlandfeldzug 1812 und die im Oktober 1813 ebenfalls verlorene Schlacht bei Leipzig (siehe auch „Völkerschlacht") führten zum Sturz Napoleons.

Nach einer kurzen Phase der Verbannung auf Elba kehrte Napoleon für hundert Tage an die Macht zurück. In der Schlacht bei Waterloo wurde seine Armee endgültig besiegt und er durch Beschluss der Sieger bis zu seinem Lebensende auf die Insel St. Helena verbannt.

Obergefreiter

ist ein unterer militärischer Mannschaftsdienstgrad.

Offizier

Ein Offizier ist ein Soldat ab der Dienstgradgruppe der Leutnante. Er hat die Befehlsgewalt über Unteroffiziere und Mannschaften und ist für die Ausbildung, die Führung und den Einsatz von Verbänden und Truppenteilen verantwortlich. Die Offiziere selbst werden wiederum in Dienstgradgruppen unterteilt.

Patrouillieren

Patrouillieren ist eine militärische Taktik. Patrouillen werden zu unterschiedlichen Zwecken durchgeführt. Am häufigsten sind jedoch Aufklärungspatrouillen, die Informationen über den Gegner erlangen sollen. Sie werden auch Erkundungspatrouille genannt. Oftmals sind sie auch als Spähtrupp im feindlichen Gebiet unterwegs. Eine Patrouille kann von mehreren Stunden bis zu einigen Wochen dauern.

Pistole

Foto von der Website www.waffensammler-kuratorium.de

Im Jahr 1813 waren berittene sächsische Soldaten mit Karabinern oder Kavallerie-Pistolen ausgerüstet. Die M 1812 war sehr verbreitet. Typisch für sie war der große Sicherungsflügel am Schloss. Er umspannte es wie eine Brücke und schützte damit das Zündhütchen.

Die sächsische Kavallerie-Pistole hatte ein Kaliber von 17,5 mm. Viele berittene Ulanen und Husaren erhielten ein Paar dieser

Pistolen. Den Ladestock trugen sie auf der Patronentasche oder an einem kleinen Lederriemen.
Wie wurden diese Pistolen geladen? Der glatte Lauf wurde mit Treibladung und Projektil durch die Mündung geladen. Das hintere Ende des Laufes war fest verschlossen und verfügte nur über ein kleines Zündloch, durch das ein mittels Zündhütchen erzeugter Funke oder Feuerstrahl die Treibladung zündet.
Vorderladerwaffen werden mit Schwarzpulver und einem Bleigeschoss geladen. Dazu kommt noch ein Schusspflaster zur Abdichtung.

Postmeile
Eine Kursächsische Postmeile entspricht 9062,08 m.

Regiment
ist eine mittelgroße militärische Formation.

Rittmeister

war ein Offizier der Kavallerie. Der Rittmeister hatte den Rang eines Hauptmanns.

Säbel
Der Säbel ist eine leichte Hieb- und Stichwaffe. Der klassische Säbel, die typische Waffe der leichten Kavallerie oder der Infanterie, hat eine gekrümmte Form und ist nur einseitig geschliffen.

Bei manchen Modellen war aber auch der Klingenrücken auf den ersten 10-30 cm von der Spitze an geschärft.

Schafkopf
ist ein traditionelles deutsches Kartenspiel. Als Bayerischer Schafkopf ist es heute eines der beliebtesten und verbreitetsten Kartenspiele Bayerns.
Ursprünglich bezog sich die Bezeichnung „Schafkopf“ auf im sächsisch-thüringischen Raum angesiedelte Vorläufervarianten wie Wendischer Schafkopf. Wenn 1813 in Sachsen Soldaten Schafkopf spielten, dann war es sicher der Wendische Schafkopf.
Die beiden der vier Mitspieler, die die höchsten Trümpfe hatten, spielten zusammen. Ähnlich wie heute beim Doppelkopf.

Scharpie
oder Chapie war ein bis zum Beginn des 20. Jahrhunderts gebräuchliches Wundverbandmaterial. Es bestand aus Fasern, die durch Zerzupfen von Baumwoll- oder Leinenstoffen gewonnen wurden. Durch den hohen Keimbefall bei der Herstellung ist Scharpie nach dem heutigen Wissensstand für die Wundbehandlung ungeeignet.

Schwadron
ist eine kleinere militärische Kavallerie-Einheit.

Talglicht

Talglichter waren die Vorgänger der Kerzen, wie wir sie heute kennen. Der Talg ist ein Körperfett von Rindern oder Hammeln. Es wird nach dem Schlachten durch das Schmelzen einzelner Teile der Tiere gewonnen. In den sauber ausgesiebten, noch flüssigen Talg wurde ein Leinendocht gelegt, an dem die Lampe dann entzündet wurde. Als Gefäß für den Talg dienten unterschiedlich geformte Keramikschalen.

Tellereisen

Ein Tellereisen ist eine aus Stahl gefertigte Falle zum Fang von Tieren.

Abb. Wikipedia

Die Gefahr ist sehr groß, dass das Tier nicht sofort getötet wird und lebend mit schmerzhaft eingeklemmten Gliedmaßen in der Falle hängen bleibt. Die Verwendung von Fuß- oder Tellereisen ist in der EU seit 1995 verboten.

Trompeter

Trompeten oder ähnliche Instrumente wurden nicht nur zur Militärmusik, sondern auch als Signale verwendet. Der Trompeter gehörte in der Regel der Kavallerie an. Er war nicht nur als Signalgeber erforderlich, sondern Trompetenmelodien dienten zur Erkennung der Truppenverbände und wurden auch zur Anfeuerung der Soldaten bei Kampfhandlungen eingesetzt.

Ulanen

Als Ulanen bezeichnet man die häufig mit Lanzen bewaffnete Gattung der Infanterie. Neben der Lanze trugen die Ulanen Säbel. Daneben führten insbesondere ihre Offiziere auch Pistolen. Offiziere und Trompeter trugen in der Regel keine Lanzen. Später kamen in vielen Ländern Karabiner hinzu. Das Lanzenfähnchen war meist zweifarbig. Die Farbkombination diente zur Unterscheidung der Regimenter.

Völkerschlacht

Die Entscheidungsschlacht der Befreiungskriege fand vom 16. bis 19. Oktober 1813 in Leipzig statt. Sie ging als Völkerschlacht in die Geschichte ein. Es kämpften die Truppen der Verbündeten Österreich, Preußen, Russisches Kaiserreich und Schweden gegen die Truppen Napoleon Bonapartes.

Mit bis zu 600.000 beteiligten Soldaten aus über einem Dutzend Völkern war dieser Kampf bis zum Beginn des 20. Jahrhunderts die größte Feldschlacht der Weltgeschichte. In dieser wichtigsten

Schlacht des Befreiungskrieges gegen die Fremdherrschaft der Franzosen in Deutschland brachten die zahlenmäßig überlegenen verbündeten Heere Napoleons Armee die entscheidende Niederlage bei. Sie zwang ihn dazu, sich mit seiner verbliebenen Restarmee ohne Verbündete aus Deutschland zurückzuziehen.

Wikipedia: Ulanen

In der Schlacht wurden von den 600.000 beteiligten Soldaten etwa 90.000 getötet oder verletzt.
Hundert Jahre später wurde in Leipzig das 91 Meter hohe Völkerschlachtdenkmal fertiggestellt. Dieses Wahrzeichen wurde an der Stelle errichtet, an der die heftigsten Kämpfe stattgefunden hatten und die meisten Soldaten gefallen waren.

Wäschestampfer
ist eine Holzstange mit einem Metallsieb am Ende.

Zaumzeug
Mit dem Zaumzeug werden Reit- und Zugtiere geführt und gelenkt. Ein Zaumzeug besteht aus einem Kopfgestell aus Riemen für den Kopf des Tieres sowie aus den Zügeln bzw. Leinen. Es gibt gebisslose Zäumungen und solche mit einem am Kopfgestell befestigten, durch das Maul des Tieres geführten Gebiss.

Quellenverzeichnis

Hrsg. Dr. Thomas Nabert, Zeugen des Schreckens, Erlebnisberichte aus der Völkerschlacht in und um Leipzig, Verlag Pro Leipzig 2012

Obst, Emil, Die Vorgänge zur Völkerschlacht bei Leipzig, Selbstverlag, 1899

Rolf Vettermann, Jahre und Tage vor und nach der Völkerschlacht, Hrsg.: Rat des Kreises Eilenburg, 1988

Jubelkalender zur Erinnerung an die Völkerschlacht bei Leipzig, Originalausgabe: Verlag Weber,1863
Reprint der Originalausgabe herausgegeben vom Interessenverein „Völkerschlacht bei Leipzig 1813 e.V."

Was der Lehrer Johann Carl Schröter über die Kriegsjahre 1806, 1812 und 1813 berichtet, veröffentlicht in „Bilder aus der Heimat", Beilage zu den Eilenburger Neuesten Nachrichten Nr. 18, 1.10.1935

Erlebnisse eines Söllichauer Bauern während der Freiheitskriege, Quelle: Heimatkalender Bitterfeld 1939, nach einer Urschrift des Söllichauer Lehrers Sturm

Napoleons Aufenthalt in Düben, Heimatkalender 1928, Seite 70

Internet: Informationen für das Glossar habe ich Wikipedia-Seiten und anderen Internet-Seiten entnommen.

Heerschau des 7. Armeekorps mit den sächsischen Kontingenten vor Napoleon am 9. Oktober 1813 vor Kültzschau (Eilenburg-Ost).
Volker Pohlenz (* 1956), 1993.
Stadtmuseum Eilenburg

Am 9. Oktober kam Napoleon von Dresden nach Eilenburg, wo rund 60 000 seiner Soldaten lagerten.
Am Fürstenweg stehend, nahm er eine Parade ab und am Witrowberg hielt er eine Rede vor dem 7. Korps.
Im Haus Torgauer Str. 37 nahm er Quartier, bevor er nach Düben weiterzog.

Inhalt

Klaus W. Hoffmann

- geboren 1947
- studierte Betriebswirtschaft
- war in einem Dortmunder Rechenzentrum als EDV-Organisator tätig

- ist seit 1981 als freiberuflicher Autor, Komponist und Musiker tätig
- schrieb zahlreiche Geschichten und Lieder für Kinder, die in Büchern, als Tonträger, im Rundfunk und im Fernsehen veröffentlicht wurden

Mitglied im PEN, im VS (Verband Deutscher Schriftsteller und im Friedrich-Bödecker-Kreis (Sachsen-Anhalt und NRW)

1991 Preis der Akademie Volkach „Buch des Monats" für: Narrentanz und Hexenreigen (Patmos Verlag)
1981 Preis der Deutschen Schallplattenkritik für das Hörbuch: Das Bärenorchester
1980 Preis der Deutschen Schallplattenkritik für das Hörbuch: Spielmobil

Zeichnungen Vor- und Nachsatz: August Lychatz

August Lychatz (geb.1999) besucht das Werner Heisenberg-Gymnasium in Leipzig und zeichnete die Vor- und Nachsätze für „Die Falle“ (ISBN 978-3-9813385-3-9) Von Gunter Preuß, „Die Zähne vom Schwarzen Gruhl“ (ISBN 978-3-9813385-6-0) von Henner Kotte und „Rache auf dem Oybin“ (ISBN 978-3-942929-09-7) von Klaus W. Hoffmann. Er taucht, liest gerne und möchte Naturforscher werden.

Zeichnung Geige
Adana Lychatz (geb. 2002) besucht das Werner Heisenberg-Gymnasium in Leipzig.

ebenfalls im Lychatz Verlag erschienen:

»Rache auf dem Oybin«
von Klaus W. Hoffmann

ISBN: 978-3-942929-09-7

ebenfalls im Lychatz Verlag erschienen:

»Im Paradies gibt's keinen Gänsebraten«
von Henner Kotte

ISBN: 978-3-942929-17-2

ebenfalls im Lychatz Verlag erschienen:

»Die Zähne vom Schwarzen Gruhl«
von Henner Kotte

ISBN: 978-3-9813385-6-0

Mulde
Delitzsch